十万里山河壮阔

中国式现代化江苏新实践新图景

江苏省报告文学学会 编

水上狂欢到溱潼

会船文化风情小镇溱潼散记

周桐淦 —— 著

江苏人民出版社

图书在版编目（CIP）数据

水上狂欢到溱潼：会船文化风情小镇溱潼散记/周桐淦著. 一南京：江苏人民出版社，2025. 4. 一（十万里山河壮阔：中国式现代化江苏新实践新图景）.
ISBN 978-7-214-25773-4

Ⅰ. I25

中国国家版本馆 CIP 数据核字第 2025RS3045 号

十万里山河壮阔——中国式现代化江苏新实践新图景
江苏省报告文学学会编

书　　　名	水上狂欢到溱潼——会船文化风情小镇溱潼散记	
著　　　者	周桐淦	
责 任 编 辑	贺银垠　强　薇	
责 任 监 制	王　娟	
装 帧 设 计	佳　佳	
出 版 发 行	江苏人民出版社	
地　　　址	南京市湖南路 1 号 A 楼，邮编：210009	
照　　　排	江苏凤凰制版有限公司	
印　　　刷	江苏凤凰新华印务集团有限公司	
开　　　本	718 毫米×1000 毫米　1/16	
印　　　张	15.25　插页 1	
字　　　数	180 千字	
版　　　次	2025 年 4 月第 1 版	
印　　　次	2025 年 4 月第 1 次印刷	
标 准 书 号	ISBN 978-7-214-25773-4	
定　　　价	50.00 元	

（江苏人民出版社图书凡印装错误可向承印厂调换）

谨以此书献给

880 多岁的国家级非物质文化遗产项目——溱潼会船。

扫码可观看
溱潼会船精彩视频

扫码可观看
溱潼会船精彩视频

/ 目录 /

| 引子 |

马克龙严重缩水了的 A 计划

2021 年 12 月 13 日，2024 年巴黎夏季奥运会的组织者宣布，巴黎夏季奥运会将于 2024 年 7 月 26 日在塞纳河上举行盛大的开幕式，打破奥运会举办以来运动员、裁判员和官员都在体育场馆入场的传统。

随后，万众瞩目的开幕式策划被曝光。按照巴黎奥组委的设想，开幕式将在夕阳的余晖之下，沿着塞纳河徐徐拉开"大幕"，来自世界各国的 10500 名运动员以及体育官员和裁判员，将分乘 180 条盛装游船，从奥斯特里茨桥由东向西出发，船行大约 6 公里后，抵达埃菲尔铁塔附近的耶拿桥。这一路将经过巴黎市政厅、卢浮宫、协和广场、奥塞博物馆等多个巴黎的地标性建筑。沿途将安排极富法兰西浪漫色彩的文艺表演，展示 12 幅能代表巴黎、代表法国文化遗产的里程碑式画作。预计届时将有 10 万名购票观众在塞纳河的北岸（右岸）和南岸（左岸）观看。世界各国的媒体将运用各种先进的传媒手段，把这一旷世盛况向全球直播。

这的确是一个令人神往、创意无限的奥运开幕式。巴黎的塞纳河，就像我们南京的夫子庙和苏州的平江路一样，基本上是与城俱生的原生态文化景观。建城 2000 年来，巴黎城市的标志性建筑，沿塞纳河两岸次第分布。塞纳河是法国古老文化的象征，也是巴黎现代文明的标志。2000 年 6 月，在塞纳河北岸的一家咖啡茶座，我国驻法大使馆的接待人员曾指着河边每隔一段就有的鸽笼一样的小筑，模仿中央电视台《综艺大观》主持人的口吻，让我们中国作家代表团的成员猜是干什么用的。几位有说是鸽子窝的，有说是鸟巢的，有说是神龛的，有说是储物箱的……结果一个也没有猜中，人家是志愿者用来交换书刊的滨河"书橱"，自愿投放，自愿交换，免费阅读——一个城市的现代文明和高雅浪漫，立马让人肃然起敬。因此，我在想象，奥运会开幕式上，这一幕，可能又要成为中央电视台转播时插入的即时"小品"。

岂料，2024 年 3 月 29 日，多家法国媒体报道，出于安全方面的担忧，法国情报部门建议，取消原定在塞纳河上举行的 2024 年巴黎夏季奥运会开幕式。紧接着，在俄罗斯发生恐怖袭击后，法国总统马克龙首次提出了巴黎夏季奥运会开幕式的应急安排，即放弃在塞纳河上举行的 A 计划，启动 B 计划——回到体育场举办开幕式。

不少媒体以《马克龙：若安全风险过高　巴黎奥运会开幕式或改变方案》《马克龙承认可能放弃在塞纳河畔举行奥运会开幕式，改用"B 计划"》等为题，颇为遗憾地报道了这一消息。

虽然，几经周折，面对多重压力，2024 年巴黎夏季奥运会开幕式，还是在塞纳河上举行了。但与原先的 A 计划比较，已经严重缩水，原计划的 180 条游船紧缩到 85 条，只剩下个零头。因为大雨，两岸的艺术展览和文艺演出也大幅精减。计划中的 30 万名观众，当天不足 10 万。

总之，马克龙雄心勃勃构画的 A 计划，严重缩水了。

伍绍祖也对万人水上运动叹为观止

马克龙总统和巴黎奥组委"缩水"A 计划实属无奈之举，特别是在俄罗斯恐怖袭击等国际恶性事件发生以后。

中国奥林匹克运动曾经的主要领导者之一、首任国家体育总局局长伍绍祖，也曾对万人以上的水上运动打"退堂鼓"，坦言不敢办、办不了。

2005 年春天，伍绍祖应邀到泰州参加当年的溱潼会船节。那一年，参加会船竞赛和表演的船只超过了 1000 条，以每条船 28—30 名参赛选手统计，"运动员"接近 3 万人，溱湖沿岸的观众接近 15 万人。那天上午，十里溱湖，一声枪响，万篙竞发，千舸争流。曾经在奥运赛场上指挥过"千

溱潼会船

3

军万马"的国家体育总局局长，在弄清了这串数字后，竖起了两个大拇指，"了不得，了不起！这是世界上最大的水上奥林匹克运动会，国家体育总局办不了，不敢办！"

水上狂欢到溱潼

伍绍祖认为国家体育总局"办不了，不敢办"的水上奥林匹克运动会，溱潼人敢办，能办！

比法国总统马克龙放弃的Ａ计划更雄伟、更宏大的水上奥林匹克运动会开幕式，溱潼人敢办，能办，已经办了800多年，而且，在改革开放新时期的20多年里，光大传统，越发精彩！

来吧，朋友，水上狂欢到溱潼！

会船赛场——溱湖

第一章

水上狂欢的"狂"

开幕式引来6700万人（次）围观

2024年4月6日，清明节次日，一年一度的溱潼会船节，在江苏省泰州市姜堰区溱湖的十里湖面上盛大举行。

数据显示，这一届会船节参加表演和竞赛的注册船只508条，加上指挥船只和各类交通管制、后勤保障、医疗救护船只等，湖面船只超过了600条。参赛和表演的508条船只中，篙子船460条，划子船80条，龙船20条，贡船8条。

篙子船，顾名思义，就是以竹篙为行船工具的船只。竹篙的长度一般在5米以上，民间有"丈八竹篙"的说法。里下河地区垛田成群，河沟密布，历史上基本没有枢纽意义上的运河和交通河，小河小沟，距离超短，竹篙一点，或三两下一撑，就能直达彼岸。因此，篙子，成了历史上里下河地区驾船的主要工具或第一工具。因此，以篙为桨的篙子船的水上争先，从阵容、从气势、从力度上比较，都远远碾压了划桨竞赛的各类龙舟。参加溱潼地区篙子船竞赛的，一般都是男性选手，规则为每船30人左右，包含锣手（指挥）1人、舵手1人，其余是分列两边船舷的篙手。这一年的规则为每船26人，除锣手、舵手外，篙手24人。

划子船，就是通常以桨为工具的龙舟式赛船。因其力度相对弱一些，

划子船

一般多为女性选手，参赛或参演的人员组成，也参照篙子船的模式。这一年也是每船 26 人（包含锣手、舵手）。

龙船的吨位相对要大一些。篙子船和划子船的吨位在 5 吨上下，龙船的吨位一般要在 10 吨以上，因为，龙船相当于水上搭就的临时小型舞台。龙船，龙船，舞龙之船。溱潼会船节把我们在节庆的广场或游行队伍中欣赏到的舞龙表演，移到了船上，而且，与龙舞配套的狮子舞和锣鼓打击乐队伍，也一并活跃在同一水上平台。这样，一条龙船上的演职人员，有 40—50 人之多。

贡船则是会船节的水上庞然大物，它有点像节庆游行队伍中的主题彩车。贡船有相对固定的主题，譬如祭奠主题，譬如赞美家乡、赞美祖国主题；也有随年度变化的新主题，譬如一年一度的生肖主题、地方奋斗目标或愿景规划等方面的主题。贡船气势宏大，讲究造型，根据主题需要，或

龙船

牌楼高耸，或亭台层叠。譬如神舟火箭的逼真造型，仿佛随时可以在湖面上点火发射。譬如万朵茶花的贡船造型，以假乱真到让人以为是古镇上的宋代茶花树真的被移到了船上。根据主题设定的需要，贡船上还有人数不等的表演队伍。表演的内容，或音乐歌舞，或情景活报。有一次，在以祭奠岳飞抗金为主题的贡船上，数百名手持兵器、身披铠甲的岳家军官兵，层层叠叠、威风凛凛地分列船舷的左右上下。贡船经过检阅台时，船头几门巨炮同时点火，隆隆炮声和岳家军的喊杀声，伴随着缤纷的硝烟，久久弥漫在烟波浩渺的湖面上，也久久地驻留在湖岸 10 多万名观众的记忆中。

2024 年溱潼会船节，是以溱湖为天幕，在七彩硝烟的背景下鸣炮启篙的。

八条贡船率先威武雄壮地驶过观礼台。

精心打造的贡船的主题分别是：龙佑三水、龙飞凤舞、龙腾溱湖、龙兴姜城、鱼跃龙门、龙祥凤瑞等。2024 年是农历龙年，每条贡船都凸显了

"康养名城，活力姜堰"主题贡船

龙吉祥腾跃的寓意，彰显了当地人民建设"康养名城，活力姜堰"的主题。贡船造型风格各异，构思精巧，充分体现了民族化、地方化、艺术化、现代化的特色，全方位展现了姜堰经济建设、社会发展、文化旅游、生态文明等方面的崭新风貌。在岸上表演团队演奏得欢快热烈的音乐声中，每条贡船的驶过，都激起观礼台上一片掌声和欢呼声。

紧随贡船的是来自俞垛镇、淤溪镇、溱湖旅游度假区、姜堰高新技术产业开发区四个方面的20条龙船。

20条龙船同中有异。同：造型相同，外形都是大致相似的龙舟，船舱铺成可以活动的平台。异：龙舟的色彩各异；各条船上翻飞的龙的颜色、舞龙人的服饰各异。更有甚者，有的船上还出现了清一色的女性舞龙队伍。20条龙船分两路逶迤并行，20条巨龙在20条龙舟上腾挪起舞，20条龙舟和20条翻动着的巨龙，织成一片赤橙黄绿青蓝紫的艳丽色块，飘浮

龙舟竞渡

在万亩湖面上。想象一下，无人机在空中拍摄的画面，是否像一条天外来客一样的七彩神龙?!

如果用一台大型交响乐来形容会船节，贡船、龙船的表演是会船节的呈示部或第一乐章，篙子船的表演和竞赛就是这台交响乐的主体部分了，或是主题、灵魂。

为什么?

一是它的唯一性。竹篙作为助推船行的工具，在许多地方都存在。几十人用几十条竹篙助推同一条船前行，少见。约定同样的船只、同样的人数，使用竹篙赛船，其他地区没有，只存在于以溱潼为代表的里下河地区。这是江苏唯一、中国唯一，也是全球唯一。

二是它的竞赛和观赏价值。会船的"会"和船会的"会"，包含的主

舟楫如云

体意思都是"赛"。和任何体育比赛一样，有了竞赛，就有了观赏价值。2024 年溱潼会船节篙子船竞赛中，250 米水上赛道的最好成绩是 1 分 57 秒。孙杨保持的 200 米自由泳个人最好成绩是 1 分 44 秒 39，以此类推，孙杨游完 250 米，大约需要 2 分 20 秒。也就是说，溱潼会船节上创下的这一水上速度，超过了同距离孙杨 200 米自由泳的最好成绩。这样的比较未必合适，但 26 名选手用竹篙作为工具，在如此短的时间内，将载重 5 吨的赛船撑出如此快的速度，不能不算是一个水上奇迹！

所以，当 400 多条篙子船排列成各种组合，排山倒海般向检阅台有序地潮涌过来的时候，检阅台和沿湖岸边的欢呼声，也给予了排山倒海般的回应。

篙子船的第一方队来自姜堰的周边地区，它们分别是兴化代表队、东台代表队、江都代表队。兴化的茅山和戴南、东台的溱东、江都的小纪等乡镇，都属里下河水乡，地理上散布在溱潼周围，因此，历史上也都有清明会船的习俗。精心准备的兴化、东台、江都船队，盛装打扮，精神抖擞，他们自诩是来"亲戚家"贺喜助兴的亲友团，别出心裁，创造出了自己的亮点。特别是茅山篙子船，在船头船尾用木板做了加长处理，各增加了四对（八名）选手。赛船泊在湖上整装待发的时候，如同一排标准型车辆前面，出现了几辆加长版的奔驰或凯迪拉克，吸引了观众的眼球。在湖面指挥船发出出发的指令后，茅山篙子船仗着加大了的"马力"，很快一点一点地明显拉大了与其他船队的距离，岸上、水上都报以"加油、加油"的呐喊和欢呼。

"亲友团"的篙子船的后面，是姜堰本地的460条篙子船，包括360条表演船只和100条竞赛船只。所谓表演船只，均为溱潼周边乡镇村民自发组成的会船队伍。以前，会船队伍的组成，往往由村、组牵头，一个村组成有几条船的代表队，或以组为单位组成代表队。现在，会船组成除保留上述方式，还以像建立微信群一样的自由组合为时尚。自由组合的队伍大多建立起一个微信群，在需要训练、集中议事的时候，微信群内一声吆喝、一个表情，队伍立马"呼啦"一下聚拢起来。这种组合相对稳定，因为民俗约定，抓过一次篙子，必须连续参加三年船会。因此，一条船上的选手，既是一个配合默契的组合，也是一支有着特殊战斗力的队伍。虽然年复一年，这些会船队伍和我们的社会一样，出现了老龄化现象，但是，他们老而弥坚，仍然是近年会船节的主要力量。以淤溪镇为例，2024年注册参会的75条篙子船的2000名选手中，基本上是50—70岁的农民，而且，以后半程年龄段的老年农民居多。可是，老有老的风采，这部分老人习惯了一年一度的船会，他们久经演练，参赛经验丰富，下篙起篙，齐整

赛船风采

规范，一招一式都体现了沙场老兵的雄姿和风采。

360条篙子船，以船头高扬的旗帜和不同颜色的服装分列方阵。四条船并排在四条250米长的水上赛道上高速行进，每条船上24支竹篙，360条船共有近9000支竹篙，在锣声的引领下，伴和着有节奏的呼喊，齐齐戳向蓝天。湖面上是怎样一幅万篙林立、千舸争流的火热场面！

100条赛船的出场，是开幕式上最靓的"靓点"，也是2024年溱潼会船节最为精彩的"靓点"。因为，这100条船上的2600多名选手，来自区级机关的各个部门以及医院、学校、科研院所、工厂等企事业单位，选手年龄基本在45岁以下，主力是30岁左右的青年男女，各类传媒称他们是会船节上新出现的"年轻态"、生力军。所以，在水上赛道上出现他们的身影时，观众席上人们一会儿凝神屏息，紧盯着水上船只的你追我赶，一

赛船冲刺

会儿呐喊欢呼，为最先冲线的赛船尽情叫好。250米赛道1分57秒的纪录，就是这100条篙子赛船经过初赛、复赛，在最后的决赛中产生的。

在篙子船比赛接近尾声的时候，80条划子船天女散花一样，于检阅台前的湖面从三个方向散布开来。

划子船上都是女性选手，她们的装束率性随意，既有花枝招展的，也有英姿勃发的。船有红色娘子军船、武装女民兵船、古代仕女船、水乡村姑船。队有婆婆队、奶奶队、媳妇队、姑娘队。船船标新立异，队队别具神采。

80条划子船的登场，也是一个偌大组合的存在，但相对于万亩湖面来说，她们又仿佛是巨幅国画上的花絮点染。考虑到女性选手的特点，考虑到开幕式已近尾声，划子船在湖面上的互动，一般任由她们自由邀约。可以互相竞赛，可以任意遨游，大有点天高任鸟飞、湖阔凭舟划的"散板"意味。这也有点像一台交响乐的尾声，曲虽将终，剧虽将散，但这台水上交响乐竞赛和狂欢的主旋律，仍不时在湖面回荡。一位资深电影导演在检阅台的中央居高观赛，发出了这样深情的赞叹：好莱坞是想象不出，也无法打造这样让人震撼的盛大场面的！

划子船点染湖面

如此震撼、如此盛大的场面，不仅激起现场 10 多万名观众发出阵阵掌声和欢呼声，而且在网络上引来了热议。会船节开幕式的盛况，引来了海内外 100 多家主流媒体、"网红"大咖、自媒体"大 V"争相报道，多路直播同步开启。国内《人民日报》、新华社、中央电视台、《光明日报》、《中国日报》、《经济日报》、《工人日报》、《农民日报》及各家媒体的网站，及时见报、及时上线。省内《新华日报》、江苏广播电视总台、《扬子晚报》、《现代快报》、《江南时报》等，连日跟踪报道。各兄弟省市的媒体也多路连线直播，"沉浸式"展示会船盛况。珠三角地区的《南风窗》《南方都市报》《南方财经》《南方周末》《深圳特区报》等南方媒体形成矩阵，充分利用自身的区域影响，把盛会的辐射面延伸到了粤港澳台地区。海外的法新社、加拿大 600 新闻台、马来西亚"八度空间"华语新闻、香港无线电视台(TVB)、中央电视台海外频道、新华网国际频道、外交部发言人办公室、中国多家驻外使馆的社交媒体账号，都在第一时间报道了会船节的信息。《江南时报》的记者在现场采访时看到几个外国友人在湖边用手机现场视频连线，以为遇上了外国同行，事后一交流才发现，他们是扬州大学的外籍教师，在与国外家乡朋友圈的微信好友分享会船节的盛况。据粗略统计，2024年溱潼会船节开幕式的视频，全网点击量累计超过 6700 万次。

880 多年历史的祭奠传承

如此盛大的场景，溱潼地区并非近年才有。早在 100 多年前的民国年间，本地诗人陈炳昌就以竹枝词的形式，留下了当时的现场"速写"。

（一）

专练会船架竹篙，

一声锣响滚银涛；

各争胜负分前后，

不亚金焦训水操。

（二）

绿杨堤畔霓裳舞，

青草河边画舫排；

每到年年春三月，

如云仕女看船来。

陈炳昌出生于泰州港口，能诗会画，多才多艺，又以画家陈二指的艺名闻名于世。这两首竹枝词，仿佛预见了如今会船节开幕式的盛况，逼真得几乎不差毫厘。

溱潼会船的文字记载，还可以追溯到清代嘉庆年间。泰州诗人朱余庭诗曰：

> 鲍老湖通虾子湾，
>
> 上溪港口水回环。
>
> 使船如使马奔放，
>
> 会看篙工第一班。

诗中的鲍老湖、虾子湾、上溪、港口，都是现在仍在沿用的泰州郊区的地名。诗的后两句绘声绘色地描述了当时会船奋勇争先的场景。这是 200 多年前的文字记载。

稍后的咸丰年间，当地举人储树人也留下记录：

> 下河村落自为邻，
>
> 惯使舟船气力振。
>
> 团练若成皆劲旅，
>
> 请看篙子会中人。

会船也称"船会"，民间也称"篙子会"。嘉庆年间的朱余庭和咸丰年间的储树人，从年代上讲，相隔五六十年，但他们笔下的会船活动，都呈现了繁盛鲜活的一面。这充分说明，会船在 200 年前已成气候，已具规模。

那么，会船的习俗究竟源于何时？除了以上确凿的文字记载，我们沿着民间传说，可以进一步追根溯源。

一是纪念岳飞抗金说。

史载，南宋绍兴四年（1134）春天，岳飞上书朝廷请求北伐抗金，收复失地。五月，岳家军从湖北鄂州渡江北上，一路披荆斩棘，大败金军，经过七年征战，直杀到黄河岸边。岳飞北伐后因政治原因半途而废，岳飞也遭奸臣陷害，被毒死在杭州风波亭。南宋岳珂所著《金陀粹编》一书记载："岳飞军驻溱潼村，并与金兵交战。"在溱潼一带的水上，曾经有过殊死搏斗，张荣、贾虎等岳家军将士就埋葬在这里。为了纪念岳飞，纪念张荣、贾虎以及其他在水战中牺牲的岳家军官兵，此后，溱潼人民在每年的清明节前后，都要举行水上祭扫活动，进而形成了今天的会船习俗。

二是朱元璋寻祖坟说。

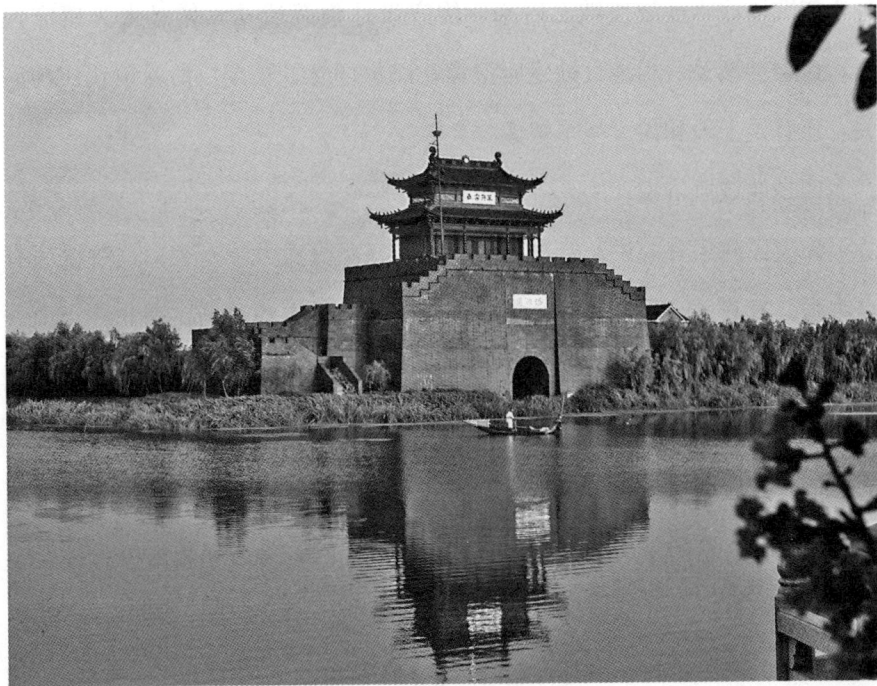

水墨溱洧关

明朝开国皇帝朱元璋登基后，看到民间清明节的祭祖活动，心中难受。在他征战天下的时候，他的父母死于兵荒马乱之中，至于死于何时、葬于何地，无从查考。军师刘伯温献计，待清明节过后，为无主坟送饭烧纸，其中必有朱家祖上，这样还能抚慰天下无人祭奠的孤魂野鬼。感动于朱元璋的亲民举动，江淮一带的百姓纷纷仿效，在每年清明节的次日，开展这一公益活动。

三是侯必大抗倭说。

明朝嘉靖年间，倭寇入侵泰州里下河一带，神潼关年轻守将侯必大率部抗击，周围村民也自发组织船队助战。五尺竹篙既是行船工具，也是御敌兵器。倭寇人生地疏，不识水性，面对长篙袭击，难以近岸，更难以近身，屡败屡战，屡战屡败。后来，倭寇设计偷袭成功，侯必大为镇守国境，血染神潼关。当地百姓建庙塑像，以示怀念。至今，俞垛镇花庄神潼关，还有侯王殿和侯大将军塑像。

四是地域风俗说。

溱潼民间还有一说，会船节的起源与祭奠真武大帝有关。这种说法有点牵强。真武大帝是道教传说中的神仙，其传说中的道场在湖北武当山一带，与溱潼八竿子也打不着。

水乡溱潼一带的民居，以河湖港汊划分而成自然村落。村民多以村落为单位，死后选择远离村庄的垛田高地集中安葬。在农业社会，乃至于改革开放前，这里的交通工具只有船。清明节期间，每个家族的男人都要带上祭品去扫墓，一起撑船去坟地添坟祭祖。为了节省时间，族中各家的男人都要带上一竿竹篙，平时行船的"单打"（单篙）、"双打"（双篙），就变成了多人多篙的集体项目了。水乡青年生性豪爽好斗，在春风荡漾的河面上，这个家族的遇上那个家族的，张家庄的碰上李家垛的，不用扯旗鸣哨，船儿就会在水上飞一般地较量起来。

另外，溱潼周边地区的俞垛、淤溪、港口、叶甸、桥头等乡镇，以及兴化的戴南和茅山、东台的溱东等乡镇，每年春天都有日期不一的地方庙会。这种庙会既带有传统的节庆意义，也兼具春耕备购农具、种子的集贸市场性质。在交通不发达的农耕时代，多条篙子撑一条船赶集，就像乘上了快艇一样。这些地区的会船活动，也有一些是在这一基础上形成和发展起来的。

这是有代表性的四种说法。若干年来，关于会船习俗的来历，各地根据当地的传说，各执一词，一直没有一个统一的认定。

在采写本书期间，我先后深入姜堰区的溱潼镇、俞垛镇、淤溪镇，乡

古镇庙会

镇规划调整前的兴泰镇、桥头镇，以及兴化市的戴南镇等地，通过走访、座谈、调阅资料等方式发现，每一种说法都有其合理和可信的内核，在数百年历史形成的过程中，每种说法都能找到相应的史实支撑。

第一和第三种说法，即岳飞抗金和侯必大抗倭，在宋史和明史中都有直接与间接的文字记载，在泰州、东台的地方志中也能找到零星的佐证。现存于江都小纪镇与姜堰俞垛镇交界处神潼关的侯王庙，更是实证了侯必大的历史故事。

四种说法中，以前最让人感到离谱的是朱元璋寻找祖坟说。朱元璋的出生地基本上被认定是安徽凤阳，明祖陵建在淮安盱眙，凤阳和盱眙都距离溱潼200公里以上，在交通极度不发达的元末明初，朱元璋用篙子船寻找无主坟，怎么也不会辐射到两三百公里以外的溱潼地区。但是，这次在一组不大为人所注意的资料中，我发现了这样一则记载。溱潼镇文化站原站长胡亚亭在东台市溱东镇出差时，听说当地一个老人能以说唱形式道出朱元璋寻找祖坟与会船节的故事。胡亚亭是个耕耘地方文化的有心人，他顺藤摸瓜，找到了时年80岁的老人葛长根。老人家精神矍铄，找出家藏的一册旧本本，说这是他小时候听爷爷讲的故事。他先以一段民间小调开头，接着，便完整地说唱了以下内容。

> 正月里来是新春，
>
> 渔翁本是七星村人，
>
> （溱潼曾称"七星村"）
>
> 存中长来存中生，
>
> （溱潼又曾称"存中"）
>
> 家乡的故事记得真。

古老溱潼低洼地，

周围九洼十八村，

农家来此忙开荒，

荒地变成米粮仓。

二月里来杏花放，

满树开花白如霜，

溱潼东窑火烧龙床，

那里本是大坟塘。

东侧是个城隍庙，

庙东有间茅草房，

住着凤阳逃荒女，

生下儿子朱元璋。

三月里来清明节，

朱洪武扫地各登原位，

和尚赶他出庙门，

一口气跑到濠阳城。

······

刘伯温助他把基登，

赶往溱潼祭祖坟，

单篙撑船他嫌慢，

多加竹篙把船撑。

······

说唱中，还有对溱潼修建于宋代的东石桥、中石桥、西石桥等三座石桥的赞美，以及从地理常识出发对溱潼别称"七星村"的解释。唱词中不仅把溱潼东窑火烧龙床的故事讲得活灵活现，而且把朱元璋的父母如何随着逃荒队伍从安徽凤阳一路乞讨、父亲半路饿死、母亲在溱潼东观庙内临产等情节展现得凄楚动人。说唱中还介绍，在朱元璋的母亲于苦难中生下孩子后，东观庙方丈慈悲为怀，在庙旁的草屋里安置了他们母子。朱元璋生性顽劣，从小就在庙内淘气。他安葬完去世的母亲后，便遵照母嘱去濠州投奔舅舅，直至登基以后，组织篙船回溱潼寻找祖坟。葛长根老人当时说，如果让他翻书唱曲，这段传奇他可以说唱两天两夜。

看到这份资料时，我有点被震撼了。这不就是藏族史诗《格萨尔王传》、蒙古族史诗《嘎达梅林》的汉族姐妹篇吗?! 我设法联系上了当时的采访人胡亚亭，老胡也已 70 多岁，退休在家了。我询问后续情况，他说，这是近 20 年前的往事了。十分可惜，当时一直想为葛长根老人创造条件，听他唱上两天两夜，全本录制下来，但拖着拖着，老人家离世了。从抢救文化遗产的角度看，这是一笔无法挽回的损失。

万幸的是，就像溱潼方言中的一个比喻，牛虽下河，但拽住了一截尾巴。现存的胡亚亭的采访文字，总算确证了历史上实实在在流传的一个民间传说。

至此，我以为，关于溱潼会船的来历，今后不必再称说法不一了。梳理历史资料之后发现，关于来历的每种说法背后，都有可以信赖的历史、文化和民间传说作支撑。至于时间上的差异，可以看作一种文化的积淀和叠加，它们共同反映了里下河地区人民纪念忠魂英烈、崇尚悼亡恤孤的美好品德和高尚情操。而在祭奠活动中逐渐形成的会船活动，又从另一面表现出水乡儿女积极向上、奋勇争先的精神特质。

如果按时间排序，纪念岳飞抗金说当属最早的源头。岳飞抗金始于1134 年春天，风波亭遇害于 1142 年春天，从岳飞遇害算起，至今已过883 年。因此，到 2025 年会船节的时候，我们完全可以堂堂正正地认定和宣布，作为民俗，溱潼会船已经寿高 880 多岁！

1991： 溱潼会船节惊艳亮相

溱潼地区在清明时节举行的会船活动存在 880 多年了，中间断档过没有？特别是在 1938 年日寇飞机轰炸镇区之后的战乱时期，以及十年"文化大革命"中所谓"破四旧"的时候。

我调查、了解、分析和判断的结果是，没有！

若一定要说出个子丑寅卯，那就只是规模上的大与小、集中与零散的区别而已。因为，作为一种祭祀活动，年年清明，岁岁祭祀，有祭祀扫墓习俗，就必有水上会船活动。

当然，会船活动也有受"委屈"的年头。"文化大革命""破四旧"的时候，会船和相关的祭祖活动，理所当然地在需破除的"旧风俗"之列。但溱潼的百姓不认这个理，明里禁止，他们就暗中进行；白天有人巡查，乡亲们就起早聚会。"地下"活动被发现之后，公社革委会组织"灭火"。1962 年洪涝灾害之后，当地以大队为单位，筑堤建闸，兴修水利，每个村庄都被包围在圩堤之内。因此，只要守住闸口，就可"一夫当关，万户莫开"。这一年清明节的时候，"灭火队"的小轮船早早堵在闸口前面，公社革委会主任亲自坐镇，检查出行的船只。村里约好去堤外大河赛船的男男女女被堵在闸内，眼见日上三竿，小轮船还没有走的意思，大家一筹莫展。这时，不知是谁想了个主意，只见几条船上的女选手们一溜儿上岸，一溜儿背对着小轮船站成一排，又像有谁喊了口令一般，一溜儿解带宽衣，在大堤边露出一溜儿白花花的屁股，放肆地撒起尿来。前来"灭火"的小轮船像遭遇了伏击一样，"突、突、突、突"点火发动，一溜烟跑得没有了踪影。小轮船跑了以后，男女选手们从船舱内拎出备好的铜锣，"咣、咣、咣"地敲了起来，又叫又跳地重新上船，直向往日的会船地点疾疾驶去。

我曾经以为上面这段故事，只是坊间一段不必当真的笑谈，想不到在一个不是玩笑的场合，得到了一位与光大溱潼会船有密切关系的重量级人物的认定（为了便于文章展开，我后面再重点介绍这位会船功臣）。这个朋友笑嘻嘻地说，他亲自处理过比这还要"严重"的事件。他在溱潼邻近的一个乡担任党委书记时，一年的清明时节，一个年轻的村支书满身泥水，哭丧着脸来找他告状。村支书执行乡党委指示，从安全方面考虑，上船制止村民进行无组织的会船比赛，被村民们捧着屁股抬了起来，高喊"一、二、三"扔到了水中。这个朋友笑着安慰村支书，"先回去洗澡换衣服，回头我请你喝酒压惊"。随后又开导村支书，"叫你回去传达到位就行了，村民们是有自控能力的，你哪能真的上船去堵呢?"村支书先是愣在了一旁，接着，像忽然悟懂了什么，嘴一咧，傻笑了起来。

正是因为里下河地区活跃着一批善解民意、善解人意，又能灵活执行上级方针政策的基层干部，如今880多岁的会船，才能像一棵参天大树一样，根深叶茂，葳蕤生香。

1978年以后，改革开放的春风吹遍祖国大地，农村实行土地承包责任制以后，农民对新生活的热情，更像脱缰的牯牛一样，被前所未有地释放了出来。那个时期的农村，虽然村、组集体经济处于改制后的起步阶段，几乎接近空白，但连续几年的丰收，个体经济和多种经营的蓬勃发展，使农民富起来了。富起来的农民在精神生活上有了更高的追求。譬如会船，之前在人民公社的体制下，基本处于半"地下"状态，每年清明也搞，但只能是"过把瘾"，意思意思，那时的社队集体经济也无力承担这一笔额外的开支。分田到户以后不一样了，农村个体经济大踏步发展，家家户户的腰包都不同程度地鼓了起来。这种社会形态下的会船活动，一下子释放出前所未有的活力。

当时的俞垛、淤溪、叶甸、港口、马庄等乡镇，还出现了名为"龙会"的自由组合组织。龙会，本来是舞龙队伍的组合，会船的规模膨胀以后，会船和舞龙的队伍合二为一，都统一到了龙会的旗下。龙会会长一般由威信较高的村民担任，也有的地方干脆请退岗退休的村干部领衔。龙会经费来自两个方面，会员会费和各方捐助。捐助方有当地的企业，也有在外地甚至是海外工作的乡贤。龙会工作开展得好的村组，往往经济基础也比较好，会船活动和舞龙活动，就更加有声有色、轰轰烈烈地开展起来了。据现在的淤溪镇潘甸村村支书王小梅回忆，他的爷爷王连山年轻时是撑会船的好手，他家中珍藏了一套当年撑会船的行头，从绑腿、腰带（学名：靠）到绣着龙虎图案的比赛服装，一应俱全。老人家"秀"出来后，潘甸的会船队照样复制，在当年的会船活动中轰动了四邻八乡。因为，当时其他地方的统一服饰，还停留在带彩条的运动服上。打那儿以后，新四军军装、解放军迷彩服、洪湖赤卫队蓝印花布、红色娘子军袖标……别出心裁地出现在各地的会船队伍中。

富起来的农村那时有几句顺口溜：戴手表的好捞，穿皮鞋的好跳，镶金牙的好笑。会船服装上有了创新的船队，当然也就想走出去"秀"上一把、火上一回了。水到渠成，跨村、跨镇的会船表演和竞赛，就这样由"星星之火"渐成"燎原之势"，年盛一年地闹猛起来。20 世纪 80 年代末期，自发约定的跨乡镇会船表演和竞赛的船只，有时能达到 200—300 条的规模。

几乎就在溱潼周边地区清明会船规模像雪球一样越滚越大的同时，姜堰（时称"泰县"）邻县的县城，1986 年春节期间，发生了一起严重的灯会踩踏事故。事故造成 27 人死亡，伤者更众。邻县的惨剧警醒了当时姜堰的领导班子。从 1986 年清明节前开始，县政府召开了每年一度的会船活动专题工作会议，参会人员有公安、宣传、交通、工商、相关乡镇负责人，县政府常务副县长主持会议，县委分管副书记参加会议。这个专题工作会议，实际上是没有被称为"指挥部"的临时指挥部。这次采访，我约见了当时的泰县人民政府常务副县长夏泽民。夏泽民今年 84 岁，从扬州市政协副主席的岗位上退休 20 多年了，没想到刚一见面，他就从包内拿出两本泛黄的工作日记，页面折叠在 1989 年 3 月 27 日和 1990 年 3 月 23 日两处，内容是这两年的会船工作会议记录。

1989 年 3 月 27 日的会议记录中，兴泰乡汇报他们了解到的数据，全乡 200 条船，其中篙子船 130 条，划子船 40 条，龙船、贡船 20 条，拐妇船 10 条，参加人数超过 4000 人。有两个新情况：一是出现了民俗中的拐妇船（一般三条小船为一组，有追新娘、抢新娘、水上评理等活动），增加了安全风险；二是可能有僧侣上船，夹带了封建迷信活动。兴泰的安全措施是，民兵营长全天候值班，基层干部、民兵骨干"分兵"把守大桥、渡口和观众聚集的地段，确保安全。夏泽民副县长的小结是：（一）提高政治站位，保持前三年零事故的记录，确保人民群众的生命财产安全。
（二）根据变化了的情况，确立变化了的防范措施。宣传部门、公安部门发布公告，加大安全宣传力度。（三）公安局成立应急指挥部，24小时值班。（四）乡镇领导要一竿子到村，杜绝封建迷信活动，确保会船活动文明、安全、有序进行。

回望历史，1990年3月23日的专题会议，有不少应该载入史册的内容。

这次会议是在溱潼镇开的，先看了几个点，然后再开会，也等于是一次现场会。溱潼是主场，镇长唐和才先汇报情况。唐镇长说，溱潼当年的特点是起步早，增幅超，规格高，声势大。他说，他看了竹器社3月16日的销售记录，一天就卖出去760条篙子。各村会船的数量与预计的相比有大幅度增长，而且出现了豪华装饰贡船的现象。不过，有一点倒是好的苗头：看到备战会船活动的架势，许多居民都邀约外地亲友到溱潼来看会船，不少企业邀请客户前来观光。溱潼是个工业、农业并重的老镇，企业与客户的这种走动对促进工业的发展来说应该是件好事，会船搭桥有助于经济贸易活跃起来。夏泽民的笔记本上，唐和才镇长这段话后面的括号内，还有已故的镇党委书记严宏栓的插话：现在的会船活动，"只依赖政府保护，不接受政府调遣，这种状况要设法改变。会船是民俗活动，可不可以引导成为有组织的群众体育运动？"

夏泽民回忆说，从溱潼回姜堰的路上，他和一道参加会议的县委副书记陈明就议论开了：溱潼镇两名主官的发言含金量很高，一个谈到了运用民间活动促进经济发展的问题，一个大胆创意，化被动为主动，提议由政府主办大型节庆活动。

　　两位常委把溱潼现场会上两朵智慧的火花带到了县委常委会上，自然引起当时姜堰最高决策机构的一群智慧大脑的智慧碰撞。当年改弦易辙来不及了，就在此次常委会的次年，1991 年 4 月 6 日，泰县溱潼会船节在溱潼镇南的百米河面上惊艳亮相。

　　这是 800 多年来第一届由县级地方政府主办的会船节，也是作为民俗活动的会船华丽转身，第一次以节庆活动和群众体育竞赛活动亮相。因此，从严格意义上讲，虽然溱潼会船的习俗已经有了 880 多年历史，但是溱潼会船节的节庆纪念日应该标记为 1991 年 4 月 6 日。

　　这一天应该载入史册。"会船搭台，经贸唱戏"是这届盛会的主题，也是现存史料中最早明确提出的一种经济社会发展模式。地方志上留下的条目内容为："4 月 6 日，首届溱潼会船节举行，吸引游客 10 万多人，客商 120 多位，成功洽谈 20 多个项目。"

　　这一天应该载入史册。淤溪镇副镇长陈群林是当年的见证者。他说，那一年比赛，因为是第一次，因为激动，武庄村的选手忘了提前拔起泊船的钢管。发令枪响后，赛船在水下拖着一根钢管"负重前行"，名次当然落后了。但农民兄弟们懂得了竞赛、懂得了规则，知道了群众体育，知道了公平竞争。

　　这一天应该载入史册。姜堰人民应该永远铭记那一届泰县县委、县政府领导班子的集体智慧和集体功绩，应该在溱潼会船节的丰碑上刻下夏泽民、陈明、唐和才、严宏栓四位的名字。

　　我是 1992 年应邀参加第二届会船节的，同时前往的还有江苏电视台台长苏子龙等媒体界的四位同仁。几乎是在观看会船的当时，苏子龙就怂恿我将会船节写成散文，再由江苏电视台改编投拍。散文《溱潼会船》在

《扬子晚报》发表后，江苏电视台《文学与欣赏》栏目组负责人景国真找到我，说题材和文章都很好，但：一因文章中动态的镜头很多，以那时的设备和资料，无法还原；二因文章的文学性较强，不宜改编成纪录片或专题片。他建议以电视散文的形式拍摄，先拍资料镜头，现场实景留待1993年会船节时完成。景国真是个敬业懂行的电视艺术家，虽然因病英年早逝，但他在电视艺术品方面获奖的纪录，在本省业内，恐怕超越的至今难有几人。果然，1993年溱潼会船节结束不久，电视散文《溱潼会船》在江苏电视台播出了。电视散文是江苏电视台，或者说是景国真在电视和文学结合上的成功创新，而《溱潼会船》又融进了报告文学的新闻元素，所以，该片播出后反响热烈，中央电视台三频道不久就联系转播，四频道、二频道都适时安排了播出。事后听景国真介绍，除中央电视台外，全国有17家省级电视台要求交换该片，并都适时安排了播出。有了以上铺垫，1994年夏天，当亚洲电视旅游风光片在泰国曼谷进行首届评奖时，由中央电视台申报的《溱潼会船》，一举夺得该项评奖的唯一金奖。随后，当时的国家旅游局要评出中国十大民俗风情旅游节，中央电视台是这项活动的推荐和评审单位，他们把电视散文《溱潼会船》和该片获亚洲金奖的信息带到评审现场，溱潼会船节得以和广西壮族山歌节、云南傣族泼水节、四川彝族火把节、内蒙古蒙古族那达慕摔跤节、西藏藏族雪顿节、黑龙江哈尔滨冰雪节、山东潍坊风筝节等一道，被评为首届全国十大民俗风情旅游节。

这项评选没有申报环节，是真正的"被授予"。景国真给我打电话，让我通知家乡的相关部门，在指定的时间去某地的节庆现场参加授牌仪式。后来听说，因为当时国内旅游市场刚刚起步，相关体制机制都在初创阶段，大多县市连旅游局这样的管理部门都还没有，像溱潼会船节这样接到"天上掉馅饼"的好事的，还有几个。

总之，1991年溱潼会船节，在作为地方政府正式举办的节庆活动推出以后，年盛一年，一发而不可收，大踏步走向了全国，走向了世界。

1991年，还有一件大事应该记入溱潼的发展史册。乘着首届溱潼会船节成功举办的东风，泰县人民政府批准，在喜鹊湖西南侧湖中村3组的垛田上成立了溱湖度假村，由湖中村、湖东村向度假村流转了300公顷以荒滩、沼泽、树林为主的土地，形成了溱湖湿地森林公园，也就是今天的国家AAAAA级旅游景区溱湖国家湿地公园的雏形。

人间胜境数溱湖

第二章

地理溱潼的"溱"

从秦泓到溱潼

溱潼会船因水而生，而溱潼也本不叫溱潼，那么，溱潼有什么样的前世今生呢？

溱湖东岸东台开庄新石器时代遗址、东南方海安青墩新石器时代遗址、南岸姜堰单塘河新石器时代遗址以及大量麋鹿化石和亚化石的出土表明，早在5000年前，溱湖地区就有人类活动了。

公元前11世纪，溱潼以秦泓的地名，开始在各类方志典籍中出现，先后隶属邗国、吴国、越国、楚国等政权管辖。汉元狩六年（前117）置海陵县，秦泓始属海陵（今泰州）。朝代更迭之中，这种属地关系鲜有变化。到了南宋时期，岳珂所著《金陀粹编》中，记述岳飞任通泰镇抚使时，有"军驻秦潼村"的记载，秦泓第一次变为了秦潼。

明嘉靖年间，秦潼的行政级别有所提高，被设置为镇市。《嘉靖惟扬志》载，泰州当时的辖地有"新桥市、南北关二市、东西坝二市、大宁市、东河市、姜堰市、斗门镇市、宁海镇市、海安镇市、西溪镇市、樊汊镇市、秦潼镇市"等。从这一段记载可以看出，今天的海安市、东台（西溪）市，当年与秦潼一样，行政级别都是镇市。

我查证了相关资料，"镇市"是中国古代行政区划中的一个专有名词。

它的行政级别、人口规模还是镇级，但经济总量远远超过了一般乡镇，甚至达到或超过有些市县级城市。用现在的语言表达，国内生产总值（GDP）"上了台阶"的乡镇，可以享受副县（市）级的相关政策和待遇。这种促进地方经济发展和社会发展的策略，我们明代的老祖宗早就运用得驾轻就熟了。我国的台湾地区，现在仍然保留有"镇市"的建置，其包含的实质意义与古代大差不差，这就是有人不太理解台湾行政区划中"县管市"的原因。其实，那个"市"不是真正的市，只是个"镇市"，或者说，只是享受副市级待遇。

顺便玩笑一句，500年前老祖宗划下的海安镇市、西溪镇市，在经济发展、社会发展、文化发展上都已经焕发青春，迈进新时代的前列了，有着同样资历的秦潼镇市可要大踏步跟上哦！

从秦潼到溱潼有一段美丽的传说。

宋代后期至明代，秦潼的发展一直走在同时代、同级别城镇的前列，淮东明珠，就是那时候人们对秦潼的赞誉。到了清代，秦潼益发生机勃勃，欣欣向荣，持续保持着"明星"镇市的地位。乾隆皇帝是个"玩主"，几乎每年都要离开京城，游历江南。乾隆下江南的路线图中，大运河流经的扬州是必停之驿站。逗留扬州期间，每次都安排观赏琼花，乾隆皇帝有点看腻了，大内总管提出在附近找个有看点的地方，让皇上"视察、视察"，秦潼"中签"了。从扬州水路向东，到达秦潼的时候，只见小镇碧水环绕，绿树掩映，真的是万顷碧波上的一颗明珠。镇南码头上岸，登上水云楼远眺，镇区小桥流水，街巷纵横，商铺林立，行人如织，好一派繁华景象。乾隆龙颜大开，问询左右此为何地，随行人员报告："秦潼"！乾隆说写上来看看。乾隆一路逐水而来，看到小镇四面环水，自己又伫立于

水乡早晨

水云楼上，略一寻思，提笔在秦潼的"秦"字左边添上了三点水，又大声读道："溱潼（qín tóng）！"皇上一激动，读错了一个汉字，又创造了一个汉字。汉字"秦"加上偏旁三点水，就不读"秦"了。"溱"的本来读音为 zhēn（真），但因为皇帝金口玉言，后人只能将错就错，在以后的字典上，将溱标注为两种读音，用于地名时，读 qín（秦）。

这个传说亦真亦假，半真半假。先质疑假，史载，明代万历年间，进士出身的水利专家陈应芳归乡泰州后，在《敬止集》所绘的泰州河流水系图中，就将"秦潼"标注为了"溱潼"。而且，据说这幅图是呈送朝廷的，陈应芳在秦潼的"秦"字上加三点水，用意是引起圣上注意，这里多水，应该像兴化、盐城一样，享受防汛排涝专项经费。可见，"溱"字的使用，并非始于乾隆。再说假中有真，"溱"字作为双音字载入字典、辞典，的确是在乾隆之后。今天汽车行驶时使用的北斗卫星导航系统，语音播报还常常把溱潼读成"真潼"。而且，历史上的乾隆，读白字、写别字的记载比比皆是，不足为奇，姑且在溱潼的传说中保留这段佳话吧。

如果说乾隆在"秦"字上加三点水是种风雅所致的即兴作为，陈应芳加三点水是为民众、为地方的鼓与呼，那么，当代有名官员几乎将溱潼下辖的所有村落名都加了三点水，也应该被恭恭敬敬地记上一笔。新中国成立初期，在所属的各个大队（相当于现在的村）区划调整时，参加过解放溱潼的区委书记王鹤高，这位水乡生、水乡长、在水乡参加革命的领导力倡，每个大队命名时都要有三点水，要让当地百姓，特别是下一代知道水是家乡的图腾，是自己的命根子，要爱水、敬水、治水，还要护水。当时的溱潼有 15 个大队，14 个大队所辖的地名都加了三点水，分别是：溱东、溱南、溱西、溱湖、湖滨、湖北、湖东、湖南、湖中、洲城、洲南、洲

守卫家园

西、洲北、洲东。唯一没改的是今天的读书址村，该村是明代吏部侍郎储
罐读书成长的地方。王鹤高热爱读书，崇尚知识，在本应读书的年龄，参
加了党的地下工作，走上了闹翻身、求解放的战场。这些大队现在基本上
都变成了村，但带三点水的地名还一直留存。

中夹河上的三座石桥

讲到溱潼，不能不说说镇上曾经有过的三座石桥。

溱潼作为周边地区的中心城镇，其繁盛始于宋、明两代，清代和民国
时期有过更上层楼的辉煌。早期的溱潼人，大多居住在东窑，即今天的姜
兴河（姜堰至兴化）以东、泰东河（泰州至东台）以南的溱东村地段。传
说中朱元璋的母亲流落栖身的城隍庙、茅草房就在这里。这个居住区垛
多、河多、渡口多、沟头（不能互通的死水）多，在架桥成本高、架桥技
术落后的年代，这里很不适合人员居住和集贸交易。先贤们看中了现在的
姜兴河以西的这片土地，这片土地虽然也有沟河，且面积不大，但紧凑、
实用，四面环水，便于规划，更便于当时日渐形成的粮食市场的集散。这
就是沿用至今的古镇溱潼面积达 0.54 平方公里的老镇区。

这个镇区由南夹河、北夹河和中夹河分隔，又由各具特色的小桥连接成
一个颇具韵味的岛状小镇。小镇东傍姜兴河，南接鸡雀湖，西邻夏家汪，北

水乡古镇

有泰东河环抱，四面是水，"溱潼"两个字有点复杂，所以，在民间口头传承的文字中，简称为"存中"，实则是"群中"，环绕在河流的"群"中。

"群中"的三座石桥，是小镇人永远的骄傲。镇区三条夹河都是东西走向，中夹河1000多米，三座石桥分布在镇中的中夹河上，按区位称为"东石桥""中石桥""西石桥"。三座石桥均规划、始建于宋代，清代或民国时期进行过改建或维修。丁桂兴先生的《云水苍茫》一书中，对三座石桥的前世今生有比较详细的介绍。

东石桥原称"东板桥"，又称"太平桥""安乐桥"，改建于清朝嘉庆年间。《东台县志》载，溱潼人朱廷琛，青年丧妻，立志不娶，发奋持家，历40余年，于嘉庆五年（1800）独资将该桥改建成大石桥。该桥桥高5米有余，红麻石铺面，主桥单孔，引桥三孔，因其形态可爱，坊间又称"蛤蟆桥"。

百步一桥点涓秀

中石桥又名"中板桥""利济桥"。桥高约 6 米，跨度 6.5 米，青皮石，一孔拱桥，两边立柱石栏，桥顶下圆上方，平面四角，四根立柱，角柱雕有石狮，小巧玲珑、栩栩如生，北埭东侧引桥上还有一座桥神庙。后来拆除旧桥的时候，在桥的阴月洞中发现了一块刻有文字的石碑，碑上记述的主要内容为：中夹河旧有砖桥一座，年久失修，邑人李日升捐银二百两，请僧人进山采石，现功德圆满，勒石为记，云云。时在乾隆年间。后来溱潼八景"石桥明月"中的石桥，即为该桥。

西石桥又叫"西板桥""永安桥"。初为镇上全姓人家合资兴建，后由镇上储四房王氏于民国十一年（1922）改建。改建后的西石桥，单孔，高 5 米，跨度 6.5 米，中间有四块 2 米长的长条红麻石跨越夹河两岸，两岸石头护坡，引桥各有十数级台阶，桥上有石头护栏。因西石桥两岸有溱潼十四坊的旧址——南边永乐坊、北边安乐坊，故又名"永安桥"。

中夹河两岸是镇区的主体部分，两岸住房临河而建，南岸以住宅为主，北岸则商铺林立，住房多取前店后家模式。一条与夹河并行的东西石板大街，激活了小镇的朝夕繁华。无需过多叙述，只要把唐人杜荀鹤的《送人游吴》诗中的"姑苏"二字换成"溱潼"，就活脱脱成为中夹河的"写生"。杜诗如下：

> 君到姑苏见，
>
> 人家尽枕河。
>
> 古宫闲地少，
>
> 水巷小桥多。
>
> 夜市卖菱藕，
>
> 春船载绮罗。
>
> 遥知未眠月，
>
> 乡思在渔歌。

古镇夜景

　　溱潼的水巷比姑苏的水巷还多一道风景——阁子。苏州一带的枕河人家，因为河道内行船较少，往往在临河的一边将自家或公用的水码头伸到水中；溱潼的中夹河因为交通繁忙，临河的房子基本没有伸出的码头，多有揳入水中的木桩排成栅栏样的防护墙，既保证交通顺畅，又保护了临水而筑的房子。为了用水方便，每家的窗户部位，用硬质木板做成平台，像挑空的阳台一样，溱潼人叫"阁子"。阁子就是水上楼台，有门有窗，讲究的人家还有可以收放的凉棚。阁子上可以用吊桶打水，也可放张小桌围坐吃饭。来往的小船叫卖荸荠、老菱、莲藕、鱼虾、蔬果，阁子上的住户和河面上的小船可以通过吊篮进行交易。

　　读者不要以为这是在发思古之幽情，或是刻意进行文学描写。不是，都不是！我在早年的生活经历中有一段清晰的记忆，20 世纪 70 年代初，

东方威尼斯

中夹河基本上还保留着这番风景。我是 1966 年小学毕业的，停课两年后，1968 年秋至 1972 年底，在溱潼中学度过了四年半的中学生活。那时候的课本，形式大于内容；那时候的学习，多数人马马虎虎；那时候的生活，只能勉强解决温饱问题。所以，我的课余生活，既无聊，也多彩。中午放学后，镇上走读的同学回到家还没有吃饭，我们住校生三两下解决午饭，便已经到镇上逛街了。从街西头往街东头数石板是内容之一，走累了，坐在中石桥上看风景也是常有的事情。中石桥北端桥下第一家，住着我的一个初中同班同学，他父亲经营白铁匠生意，前店后家，晚春到早秋的很长一段时日里，常看到他家在阁子上扯下凉棚，围坐吃饭。那时候镇上的人粮食稍紧，他们家吃饭采取分食制，几个人几个碗，分盛以后，兄弟姐妹从小到大自取，我的同学好像是排行老大，总是最后取饭，饭碗里每每带有大家都不喜欢的锅巴。有一次闲聊中我们就此事调侃，同学笑笑，说"锅巴好，抵饿"。

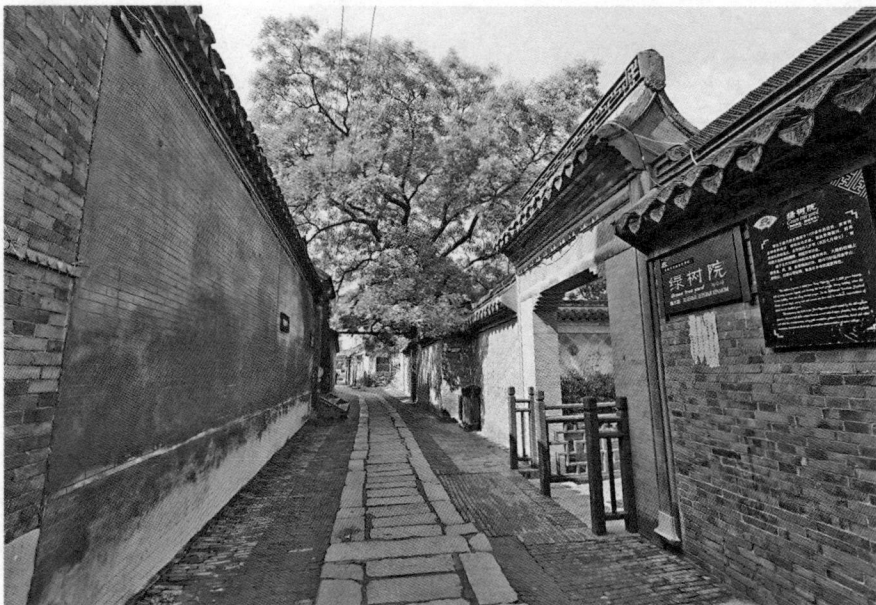

绿树槐院麻石巷道

那是一幅特定年代的"清明上河图"。后来，因为创建卫生城镇的需要，因为改造旧镇、改造危房，临河的房子拆了，中夹河也填了，溱潼人的心头和到过溱潼的人的心头，留下了一处永远的伤疤，一个提起来就懊恼的痛处。但是，历史总是在弃旧图新的过程中奔腾向前的，怀旧，有时是一种美好的回忆。开创新局面，总归要扬弃一些旧的坛坛罐罐，诗和远方，永远在我们将要创造的新生活的前头！

潟湖·三水·江苏最美水地标

谈到溱潼和溱湖为什么能成为里下河水乡明珠，两种说法较有代表性。一说因为江水、海水、湖水三水的交汇冲积，一说是历史形成的潟湖

水乡明珠

地貌。应该说，两种说法都有依据，都有道理，但两种说法不是二选一的关系，而是一种复杂的叠加。

先说潟湖。潟湖的形成过程是这样的：海洋与陆地的分界线为海岸线，海岸线受海浪的冲击和侵蚀，形态慢慢由平直变为弯曲，渐成海湾。日月推移，海湾两边会冲刷成狭长的沙嘴，沙嘴在海浪冲刷中会逐渐靠近，靠近的过程中又会形成各种板块的滩涂，并慢慢与海洋分离，遂形成潟湖。在黄海东移的过程中，溱潼地处的里下河地区，西北部有地势稍高的洪泽湖、高邮湖的倾泻，东部的东台、盐城等地区当时是海堤、盐碱滩。这一地区，经数万年的演化，由海湾而成潟湖，由潟湖再成淡水湖沼（湿地）。地理科学中没有神话，溱湖作为大自然馈赠于人类的古潟湖遗迹，现在已成远离黄海 120 公里以上的内陆湿地，26 平方公里的内陆湿

醉美湿地

地，神奇、瑰丽、壮观、罕见！从生态学的角度看，罕见到不可再生，罕见到不可复制。因为，湿地是地球之肾，26平方公里的湿地可以再生吗?！26平方公里的湿地可以复制吗?！我们真的应该像呵护肾脏一样，呵护这26平方公里的湿地宝藏。

我关于潟湖和潟湖遗址的一知半解，是2014年夏天访问芬兰时的偶然收获。芬兰号称"千岛之国"，又谓"千湖之国"。千岛也好，千湖也好，都是波罗的海数万、数千年来受第四纪冰川作用的结果，北欧良好的湿地生态多为潟湖遗迹。芬兰人十分珍爱这一上帝的赐予，尽管旅游资源十分丰富，但开发利用时十分吝啬，只舍得一点一点地与朋友分享。譬如，我们从中世纪古城图尔库坐游轮一个多小时，来到了波罗的海内湖中的一座小岛。小岛风景奇特秀丽，奇特到你在别处见到的各种绝壁峭石，小岛上几乎都能找到相似的风景；秀丽到处处都有可建海岛别墅的绝佳地段，你却找不到半间有人居住的木屋、茶吧。我们是晌午开始波罗的海的海上游的，行程中有一顿是野餐的晚餐。就在大家拍照留影意犹未尽之时，游轮工作人员已在小岛的山坡上次第摆开了野炊的"餐桌"，带着年轮的木板是餐盘，山菇、牛肉、面包是主食，一场返璞归真的野炊，让游客品尝了一顿别具山野意趣的自助餐。我们那一次是中国新闻代表团的应邀访问。餐叙时，《光明日报》的王君与芬兰陪同的官员打趣：岛上没有房子也就罢了，连张饭桌也没有？芬兰朋友回答得非常智慧和幽默："芬兰是地球在波罗的海的一只肾，肾脏上是容不得其他赘物的。你看，地球在地中海的另一只肾上，长出一个威尼斯古城，那不是城堡，是肾囊肿，或者是肾结石！"一阵哄笑过后，到过溱潼的《新民晚报》的陈君，一边欣赏着波罗的海的海浪和星星，一边深情地对我说，"我给溱潼贡献一条广告语：华东的北欧——溱湖！"

再说三水冲积。江苏有三大著名洼地，建湖、兴化和姜堰溱湖，其中，溱湖的海拔最低，湖心海拔正好是 0 米。这里是里下河地区，也是江苏的"锅底洼"。"锅底洼"的形成，一是历史上长江江堤屡屡决口，这里距离长江仅六七十公里，地势低洼，江水直泄湖荡，形成涝灾。二是每年梅雨时节，洪泽湖、高邮湖水位暴涨，淮河、串场河泄洪不畅的时候，往往改道南下，溱湖成了滞洪区域，大量田地甚至房屋没入水中。三是海水倒灌。在水位居高不下的特殊年头，海水顶托倒灌，溱湖也是灾区。在1962 年之前，"十年九淹"是溱潼地区百姓生活的常态。民国时期，一个地方绅士曾向政府报告灾情："西水下注，或经月不退，鹊湖水势泱泱，每遇大风，则巨浪滔天，过往船只，时有沉没。野居人家，浪逼屋宇。"我1954 年出生于溱湖南岸的湖南村，童年的记忆中就有几番这样的可怕场景。清末曾有一首竹枝词：

溱潼湖里水如天，

三面村庄但水田。

只有湖东无屋宇，

人家尽住打鱼船。

现在的解读几乎都将其当成了安宁祥和的田园诗，其实，完全是种误解。诗第二句中的"但"是副词，"只、仅"的意思。湖的南、西、北高地上的村庄，只能种一年一熟的水稻，湖的东面是泄洪通道，不能住家，只能有季节性的打鱼船的存在。现在 26 平方公里的湿地面积，多半是在湖东地区。所以，这首诗描写的景象，其实与上面那个乡绅的灾情报告如出一辙。所以，三水冲积，原本是溱湖人民摆脱不了的苦难，只是自新中国成立，特别是 1962 年大灾过后兴修水利以后，里下河地区才逐步告别了水患的梦魇，溱湖地区旧有的潟湖地貌和经年的三水冲积才被挖掘出了应有的"正能量"，造福人民，造福社会。

所以，三水汇合并不仅仅是昨天的传说。泰州和姜堰地区引江水北调，旱季和雨季时对淮水、海水的人工引导，使溱湖湿地在旧有潟湖地貌的基础上，焕发出"锅底洼"的独特神采。2017 年 1 月，江苏省水利厅等相关部门，联合授予溱湖"江苏最美水地标"称号。可别小看了这一称号，这一称号具有远超地理的意义，它标志着这片区域中水里游的、水里长的、地上生的、天上飞的等产出，都有着超出一般地区的"最美"品质。

第三章

溱湖八鲜的"八"

八鲜是实指，也是概数

你可能没有想到，溱湖八鲜在"百度百科"上有专属词条，英文名是Qin Lake eight fresh，含义为水质清淳的溱湖中的特产。

其实，八鲜，应该是南方或者说南北方大多数地区都有的一种对当地特色传统食物的统称。八鲜通常是指多种原生态菜类的组合，有时也会是八种成品菜肴的代称。譬如，旧时溱潼地区的"八鲜行"，实际上就是菜场。如果细分，有水八鲜和土八鲜。水八鲜一般代指鱼虾类内河水产，土八鲜则指蔬菜瓜果之类。那么，为什么各地都有八鲜的存在，溱湖八鲜能成为彪炳一方的代表性菜系呢？

这个问题或许可以这样理解：各地都有鸡、鸭、鹅烹制成的菜品，但你到了南京，还是想品尝一下老南京的盐水鸭；到了扬州，想起了黄珏老鹅；到了南通，会点一份狼山鸡。同理，到了溱潼，当然很难拒绝溱湖八鲜的诱惑了。

"百度百科"上对溱湖八鲜的解释是不准确的，因为八鲜变成了实指：溱湖簖蟹、溱湖青虾、溱湖银鱼、溱湖甲鱼、溱湖四喜、溱湖螺贝、溱湖水禽、溱湖水蔬等。粗看，八种类型，勉强能对上号；细分，词组不对称，词义含混不清。前四类，簖蟹、青虾、银鱼、甲鱼，都是单一品种的指代。后四类，四喜、螺贝、水禽、水蔬都是复数，是同一类别或相近品种的复合指称。以四喜为例，民间对四喜的解释是青鱼、白鱼、鲤鱼和鳜鱼，称这是鱼类中的大四喜。有了大四喜，就有小四喜：鳊鲅、罗汉、鲹条和昂刺。大四喜也好，小四喜也好，溱湖丰富的水产品何止这区区八种鱼呢？我们常见的可以列入大四喜的还有青鲲、鳊鱼、鲢鱼、鲇鱼和鳡鱼等。鳡鱼又称"铜头鱼"，以凶悍著称，生长在河道、鱼塘、水库内，是专食小鱼的清道夫。鳡鱼极难捕捞，每条动辄 30 斤、50 斤，2022 年冬捕，溱湖中网住了一条 96 斤的鳡鱼，与中等个头的女子等高。鳡鱼在当地有"鱼王"之称，"鱼王"被忽略到四喜和八鲜之外，应属不大不小的"漏划事故"。小四喜更是数不胜数，呆子鱼、泥鳅、黄鳝、鳗鱼……足可列出十种以上。至于我们餐桌上出现得最多的鲫鱼，大的可入大四喜，小

八鲜之源

的可以领衔小四喜，更不应该被排除在四喜之外。这只是鱼类、虾类，还不包括贝类、螺类，如果真要列数溱湖水中的各种生物，恐怕180种也难以穷尽。

"百度百科"能够将溱湖八鲜作为地标菜列入词条，是件值得高兴的事情。但在编辑过程中失之于粗疏，确实有所不该。现在的词条内容，哪里是八鲜，充其量是溱湖八鲜中菜名叫"一网打尽"的一鲜而已。各种水产品杂烩一锅，鱼、虾、螺、贝、蟹什么都有，以前称"一网打尽"，现在有更时尚的名称——"一往（网）情深"。

溱湖八鲜实指的是用水产品做出的八道大菜，称作"水八鲜"。同样含义，用地产蔬果做出的可称"素八鲜"。溱潼东邻黄海，讲究的宴席有从海边进货的"海八鲜"，还有从靖江江滨和原辖泰兴的高港码头送来的"江八鲜"。这些都是实指，是用海产品或江产品烹制成的八道菜，而非八种鱼、虾或贝类产品。

因此，溱湖八鲜是一种泛指，"八"是一个概数，喻指溱潼鲜活、鲜嫩的水产品很多，这里由各种各样的鱼、虾、贝、螺、蔬、果制成的菜肴更多。八鲜不仅是八道菜，现在普通百姓家的餐桌随便就能摆上个八鲜宴，酒店、宾馆的溱湖八鲜宴，根据客人的人数和要求，菜肴品种有时可达一二十道。

《中国历史文化名镇溱潼》一书，还根据季节的不同，收录了溱湖八鲜宴的36种菜肴组合。囿于篇幅，我们挑选春、夏、秋、冬各一份菜谱介绍于下，供感兴趣的朋友赏析。

溱湖八鲜春季菜单选

冷菜（8道）：

酥烤鲫鱼、水乡风鸡、古法肴肉、双黄咸鸭蛋、杨花萝卜、马兰香干、虾米药芹、花刀莴苣。

餐前小食：

角墩小馄饨。

位羹：

荠菜蟹黄豆腐羹。

热菜（12 道）：

湿地虾仁、溱湖双珍、鲨鱼菜薹、韭菜鳝丝、八宝鳜鱼、咸肉河蚌、溱湖一锅烩、青虾螺蛳、青笋烩青鱼、香椿鸡蛋、姜米小青菜、蒜泥茼蒿。

位菜：

甲鱼鸽蛋盅。

点心：

荞面饼。

时令水果一道。

溱湖八鲜夏季菜单选

冷菜（8 道）：

干切水牛肉、盐水鹅肫、老卤猪头肉、皮蛋豆腐、蒜泥黄瓜、豉油凉粉、枸杞豆瓣、卤水兰花干。

餐前小食：

大麦糁儿粥。

汤羹：

老鸡菌菇煲。

热菜（12 道）：

鸡汁虾球、红烧仔鸡、盐水湖虾、椒盐绿壳蛋、白汁马鞍桥、溱湖老鹅、鸡汁溱湖白鱼、金汤螺蛳、浓汤黑鱼片、荷叶粉蒸肉、蒜泥刀豆、豆瓣紫茄。

位菜：

冰镇龙虾一组。

点心：

绿豆糕。

时令水果一道。

溱湖八鲜秋季菜单选

冷菜（8 道）：

水乡盐水鹅、糖醋仔排、溏心皮蛋、凉拌猪耳、风味干丝、姜米菠菜、冰糖莲藕、生炝花生米。

餐前小食：

农家面糊糊。

位羹：

胡萝卜缨牛肉羹。

热菜（12 道）：

油淋河虾、麻鸭套乳鸽、大烧甲鱼、扇形划水、鸳鸯螺蛳、菱米小公鸡、辣酱芋头仔、红烧鱼子鱼泡、雪菜昂刺鱼、鸡汁双拼、五谷杂粮、干煸扁豆。

位菜：

溱湖簖蟹。

点心：

桂花糕。

时令水果一道。

溱湖八鲜冬季菜单选

冷菜（8道）：

冷切羊肉、农家香肠、雪菜小鱼、风干咸鹅、烫大蒜梗、糖醋菜心、麻油香干、姜汁萝卜丝。

餐前小食：

鱼汤小刀面。

位羹：

明炉羊杂汤。

热菜（12道）：

蟹粉狮子头、冰糖河鳗、农家老公鸡、砂锅麻鸭、葱爆牛肉丝、清炒河虾仁、田螺塞肉、红焖羊蹄、冬笋烩鱼饼、上汤茼蒿、蒜泥菠菜、异香油炸干。

位菜：

甲鱼盅。

点心：

蟹黄肉包。

时令水果一道。

四份菜谱，随岁月更迭各有变化。但大家注意没有，有一道菜"四季常青"，那就是鱼圆、鱼饼和虾球。春季篇中的溱湖双珍，秋季篇中的鸡汁双拼，"双珍"和"双拼"，都是指鱼圆、鱼饼和虾球。这道菜常年保留自有道理。如果说溱湖八鲜已经成了溱潼乃至泰州地区的地标菜，那么，鱼饼和虾球则是地标中的地标。鱼饼和虾球为什么要拎出来重点讲讲？因为这两种菜肴的制作，不仅食材上讲究选用本土新鲜食材，而且烩制工艺很有讲究，为溱潼所独有。为了"生动叙事"，我"偷懒"选择一篇小学四年级学生的作文，来介绍溱潼鱼圆的制作。这篇作文的标题为《家乡的鱼圆真好吃》，作者是我的女儿，作文获得了1991年华东六省一市小学生作文竞赛一等奖。

我的家乡在苏中里下河地区的溱潼镇，在没通公路之前，它是一座绿树簇拥、四面环水的孤岛，像块绿玉一样镶嵌在宁静、美丽的十里溱湖之中。因为水多，鱼虾也就成了家乡的主要特产了。而勤劳智慧的家乡人民对吃鱼也就积累了各种各样的吃法。有生拌、有红煮、有清蒸、有氽汤、有鱼丝、有鱼片、有红烧鱼头……其中，最吸引我的当然是鱼圆了。想起鱼圆，我的嘴里会止不住地流出口水来。

鱼圆比乒乓球小一点儿，它那晶莹洁白的颜色使人一看就馋涎欲滴。你只要咬上一口，立即会感到滑嫩鲜美，妙不可言。

溱潼鱼圆的制法也十分讲究。如果你有一条两斤以上的白鱼、青鱼或者草鱼，不妨按照我说的方法试一试：鱼洗净后，割去鱼皮，剔下鱼肉，再切成一片一片的，用刀背不断地斩碎，斩成鱼泥状以后，加入水、盐、淀粉、姜、葱汁等，用手不断搅和。搅鱼泥可累人啦，等到你感到手臂累得抬都抬不起来的时候，鱼泥也就发黏搅和成了。这时，用勺子一勺一勺把鱼泥放入烧开的水锅中，不一会儿，一个个雪白的鱼圆就会争先恐后地浮出水面，那一股股香味直往你的鼻子里钻，你不咽口水才怪呢！

有一次，我们家做鱼圆，我站在一边，实在忍不住了，赶快拿了一双筷子，从锅里夹起一个就往嘴里送。这下可苦了，鱼圆刚从锅里捞出来，还是滚热的呢！我被鱼圆烫得叫了起来，为了不让爸爸妈妈笑话我，我想说声"鱼圆真好吃"，可舌头就是转不起来，只发出一串"噢、噢……"的声音。唉，我真是哑巴吃黄连，有苦说不出！

不过，朋友你可不要害怕，家乡人民把鱼圆、鱼饼或虾球做成菜肴招待客人时，是不会烫着你的。烩制鱼圆要配上浓浓的鸡汤、红红的虾子、乌黑的木耳、酱色的牛肉片、嫩绿的蔬菜，是不是色、香、味俱全？相信你这趟吃了，下趟还想去吃的。

现在，我虽然身在南京，远离了家乡，但我忘不了家乡，更忘不了家乡那美味可口的鱼圆。

溱湖八鲜蟹为首

溱潼还有一桌名为"溱湖八鲜"的套菜，被有心的食客编为顺口溜，口口传诵。

簖蟹肉嫩壳红黄，

虾球味美好营养。

鱼饼青菜烩高汤，

野生甲鱼胶汁香。

老鹅三宝配生姜，

螺贝滋阴性温凉。

杂鱼鲜美品种多,

银鱼如玉细嫩爽。

这份菜谱,应该是溱湖八鲜菜系的顶级组合了。溱湖八鲜中籪蟹的身价,可以与高档酒店中任何品格的鲍鱼、海参、鱼翅等珍品菜肴一较高下。"溱湖八鲜蟹为首",这里的"蟹",说的就是籪蟹。

"籪"字,似乎也是专为溱潼而生。"籪"字在字典上的解释是,捕蟹的工具。接下来,有词组"溱湖籪蟹"。籪是将粗壮的毛竹剖成杆状的篾条后,再编成栅栏插立到河中的捕鱼捉蟹工具。栅栏在水深处回旋成一个"之"字形的鱼篓,过往的鱼、蟹到了这里就如同闯入了八卦阵、误进了迷宫一样,再也转不出去了。秋风响,蟹脚痒。每年秋末,螃蟹要想洄游至江海交界处产卵,必须翻过这道栅栏。籪又为何是专为溱潼而生的呢?前文已经有过介绍,从地理区位上讲,溱湖曾经是长江、黄海、淮河三水

籪蟹脚痒舞秋风

汇合的要冲，至今也是江海湖河的"锅底洼"，也就是地理上的"鱼篓"。春天从江海边逆水而上的蟹苗，经过春、夏、秋三个季节的历练，已经成长为蟹将了，公蟹膘肥膏壮，母蟹籽满黄厚，它们急于赶回江海边产籽，于是，落入"迷宫"的蟹将，就比拼体力，从"井底"沿着簖簾向上攀缘。这就有点像跨栏，能翻栏越簖的就是"运动健将"，每只都是可以挂牌上市的簖蟹。翻过栅栏的簖蟹，个头一般都在半斤以上。溱湖簖蟹的特点是，青背、白肚、金爪、黄毛。还有种说法是，体健、色亮、腿长、爪尖。总之，溱湖簖蟹个体饱满，翻身迅疾，体表光洁，色泽明亮，步足壮硕，活泼有力，足趾锐利，抓着力强。

螃蟹江湖上有"南闸北簖"一说，"北簖"就是溱湖簖蟹，"南闸"是指阳澄湖大闸蟹。在香港市场上，很长一段时间里，正宗溱湖簖蟹的价位，要比阳澄湖大闸蟹高出一截。改革开放刚开始的年头，我一个同事的父亲是上海市原进出口公司总经理，他饶有兴致地给香港人介绍如何区别"南闸北簖"两种螃蟹：阳澄湖大闸蟹放在玻璃台板上，八只脚能马上挺立起来，眼睛转动，四处张望；溱湖簖蟹放在台板上，八只脚立起来之后，四处张望，紧接着，"嘎、嘎、嘎"，开始有板有眼地爬行。这就充分表明，论腿部力量，"北簖"——溱湖簖蟹，是远远高出"南闸"——阳澄湖大闸蟹的。所以，在当年大陆工业产品相对粗糙、出口价格偏低，而生态农产品、水产品普遍受到港澳台市场欢迎的时候，一只半斤重的溱湖簖蟹在香港的价格，基本等同于一只上海牌手表的价格，而同等重量的阳澄湖大闸蟹，基本等同于上海产的钻石牌手表的价格。当年上海牌手表国内价格每只120元，钻石牌手表90元。溱湖簖蟹虽然质优，但因为地理条件的局限，产量偏低，出口数字一直没有文字记载。1993年出版的《泰

溱湖簖蟹

县志》始有记载：1974年开始，外销的溱湖簖蟹每年有10吨。1985年开始，增加到60吨以上。首发香港，以香港为中心，再转销其他地区和国家。

上海市原进出口公司的这位老伯认为，溱湖簖蟹的品质高于阳澄湖大闸蟹，可能与苏中地区的气候有关。溱湖在阳澄湖以北约200公里，溱湖的气温比阳澄湖常年偏低2—3摄氏度，溱湖簖蟹的生长期和成熟期也要比阳澄湖大闸蟹晚20天至一个月左右。还有，江水、海水、湖水三水汇合形成的"锅底洼"独特的生态环境，也为溱湖簖蟹提供了卓越的成长环境。溱湖簖蟹在蒸熟以后，壳色红黄，膏腴黄满，腿肉成丝，筋道微甜。江苏省水产研究所用成熟溱湖簖蟹和成熟河蟹作比照检测，溱湖簖蟹的脂肪、蛋白质、硒、天冬氨酸等，远远高出省内和湖北、江西等地河蟹的含量。其中，脂肪和蛋白质含量高出 16％，17 种氨基酸总量高出 72％，对人体健康极为有利的硒元素含量居然达到 3.41 倍。

正是溱湖簖蟹这种比同类螃蟹营养含量高出一截的特质，使人们还在"溱湖八鲜蟹为首"后面，加了一句"无蟹不成八鲜宴"。不是秋冬季节到溱潼的客人也不必失望，借助现代冷藏与保鲜技术加工成的蟹粉和蟹黄，随时都可以让你品尝到用正宗溱湖簖蟹作原料制成的蟹黄豆腐、蟹粉狮子头、蟹粉虾球、蟹黄大肉包……

民间流行 "第九鲜"

溱湖八鲜的品种已经难以穷尽了，怎么又冒出一个"第九鲜"？标题已经表明，这不是正规说法，是民间的一种约定俗成。严格说来，所谓"第九鲜"，也应该涵盖在八鲜里面，譬如蚬子，譬如银鱼，等等。但是，由于生存环境的变化，由于物种自身的蜕变，这些以前常年可以吃到的东西，现在讲究季节了，有时还可遇而不可求，你想念它的时候，市场上一无所有。这也难怪，物以稀为贵，它们从八鲜的序列中，"晋升"到"九爷"的行列了。

蚬子从物种起源上讲，来自大海，与黄海滩涂上号称"天下第一鲜"的文蛤，属于近亲家族。但蚬子就是蚬子，文蛤就是文蛤。文蛤生长在浅海地区，还保留海鲜的属性。蚬子则大约受海滩蜕变为潟湖的影响，在与大海邻近的湿地区域遗存了下来。蚬子外壳呈三角形或圆形，壳周长一般不足 30 毫米。可能是由于物种遗传方面的原因，蚬子有不少雌雄异体，也有不少雌雄同体，这似乎也决定了蚬子的某些特殊功用，譬如明目、通乳、润五脏、健脾胃、利小便、祛湿毒等。蚬子含有人体必需的氨基酸、蛋白质、脂肪、钙、铁等多种物质，再加上鲜美的肉质和丰富的营养，当然也就成了席上佳肴了。

蚬子与河蚌一样，很讲究生存环境。溱湖地区虽为黏土土质，但溱湖一直是滞洪、泄洪通道，湖底冲刷平坦，非常适合蚬子和河蚌这类贝类生物的繁殖与生长。溱潼人把捕捉河蚌叫"摸河蚌"，捕捞蚬子叫"耥蚬子"。河蚌在水底的生存状态是，整个身子埋在泥里，只有脊背露在河底或河坡的泥土上面。溱湖有大半面积的水深在 1.5—1.8 米，人在水中，用脚板沿河底或河坡水平移动，遇有异物，凭触觉鉴别，感觉到是河蚌了，一个猛子下潜，多半就能从水底掏摸上来。我们读中学的时候，暑假中经常三两同学，每人带一只洗澡用的木桶，用绳子吊在身边，去湖里摸河蚌。摸河蚌时，脚板下随时都会磕磕碰碰地遇上蚬子，但嫌它太小，打理麻烦，一般都是避而远之的。打鱼人家似乎也对蚬子兴趣不大，没有专门捕蚬子的。一般都是有兴致的人家或兴趣相投的伙伴，作为一种消遣和娱乐，说"耥蚬子去"，带上专用的带网兜的铁耙子，两人撑船，一人平推，推的人感觉网子里有点沉了，就将其提上来，倒入船舱。耥蚬子的人很少以斤计算，总是一篮子一篮子的，有时甚至用箩装。

蚬子，特别是河蚬，非常讲究水质，最忌各类农药化肥。所以，现在农田周围的小河内见不到蚬子了，只有像溱湖这样大面积的原生态湖泊，在每年 5—8 月的繁殖期之后，才能"耥"到少量蚬子。所以，蚬子豆腐羹、韭菜炒蚬子，现在成了可遇不可求的溱湖"第九鲜"了。

溱湖银鱼，是一个非常小众的地方稀有物种，从某种程度上说，溱湖银鱼比溱湖簖蟹还要珍稀。因为，正宗的溱湖银鱼是有"家谱"的。民国

鱼米之乡

十八年（1929）四月，中国举办首届西湖国际博览会，姜堰地区参展的农副产品有20种，"姜堰商会送去银鱼，色白味鲜，天下鱼皆红眼，此鱼独黑眼。货销上海各埠，上品也"。《民国泰县志稿》标明，这种被称为"上品"的黑眼睛银鱼，溱湖银鱼，只产自溱潼的西大湖夏家汪。

夏家汪今天已经了无踪迹了，但在溱潼作为地理上的孤岛存在时，镇西就是大湖夏家汪。夏家汪的区位十分特殊，北邻泰东运河，南接万亩溱湖。夏家汪水草丰茂，湖水清澈，芦苇滩断断续续。芦苇滩是生态学上的风水宝地，滩南滩北，冬暖夏凉，阴阳齐全，极宜银鱼这样的娇宝宝繁殖和成长。银鱼是一年生稀有鱼类，秋冬季节产卵后就自然死亡，沉入水底的卵在春天适宜的天气和环境下孵化成长。银鱼极少在水面活动，多在湖、河底部的水草间悠游，动态的水底世界更适宜银鱼成长。夏家汪有着

水乡美景醉芦花

得天独厚的地理条件，泰东河浪动水摇，西大湖风吹草动，生长在这里的溱湖银鱼，比周边地区同期成长的太湖银鱼（无锡）、西湖银鱼（杭州）、巢湖银鱼（合肥）都要丰腴一点、白嫩一点，品质也就更加高贵一点。

俱往矣！夏家汪被围湖造田后，与泰东河拦腰隔断，湖面筑成了道路、新垦了农田、盖起了工厂，夏家汪没有了，西湖国际博览会上的溱湖银鱼也几乎没有了。现在到溱潼吃到的"溱湖银鱼"，基本是超市供应的舶来品，溱湖的打鱼人家偶尔捕到的一捧两捧银鱼，那只能称作正宗溱湖银鱼的遗存了。

不过，不知姜堰或者溱潼的政府部门、渔政部门、商务部门等，有没有研究过这么一个问题：银鱼附加值很高，也很好人工养殖，稍作努力，这个银色产业是可以从恢复养殖银鱼开始，发展成带有地标特质的金色饭碗的。

白炖虎头鲨，是"第九鲜"系列中的又一款保留菜肴。白炖，近似粤菜中白灼的烹饪技法，主要是通过煮滚的水或汤，将生的食物烫熟或煮熟，相较而言白炖更讲究煮的技巧和功夫。这种技法特别要求食材的鲜和嫩，注重保持食材原有的鲜味和丰富的营养不流失，菜香汤醇，滋味浓郁。虎头鲨又名呆子鱼，苏南一带称"塘鳢鱼"或"沙塘鳢"。在钓鱼人公认的六种最好吃的鱼当中，虎头鲨排在第一，鳜鱼排在第二，青鱼、草鱼都名落榜外。虎头鲨少刺，肉质又鲜又嫩。白炖虎头鲨时适量多加点汤汁，加一撮雪菜，起锅时加少许猪油，乳白中带点咸菜绿的汤汁中，卧着几条黑色的呆子鱼，色、香、味、形，诱得食客直咽口水。

这么好吃的东西，为什么只有几条呢? 物以稀为贵，多乎哉，不多也! 虎头鲨是个虚张声势的名字，这种鱼只是头有点像老虎而已，其实身子很小，大一点的也就十来厘米长，肉团团的。虎头鲨很懒，要么生活在码头下，吃一点嗟来之食；要么蜗居在水底草丛中，吃一点腐殖质类的东西。水乡人也就以懒治懒，在一种叫"毛窝"的草鞋或废弃的布鞋中放点饵料，吊在码头下或有草丛的河边的树根上，次日拎上来就有收获。所以，呆子鱼由此得名。人们也由此知道，呆子鱼是讲究生存水质的，在Ⅱ类以下的水质环境中，呆子鱼是不能存活的。什么样的标准是Ⅱ类水质呢? 可以直接饮用的水质就是Ⅱ类水质，十里溱湖的水质就是Ⅱ类水质。但是，溱湖再大，容不得呆子鱼的生存。溱湖里大鱼成群，徒有"鲨鱼"之名的呆子鱼倘若误入溱湖，无异于送到贪吃儿童口边的巧克力豆。溱湖不能容身，溱湖周边的内河变成了Ⅲ类、Ⅳ类水质，虎头鲨也就逐渐从普通人家的餐桌上消失了。

　　与虎头鲨有着同样身价的还有一种小鱼，叫鳑鲏。据熟悉鱼类生活习性的朋友介绍，有呆子鱼生存的地方，就有游弋在一边的鳑鲏鱼。呆子鱼生性懒惰，而鳑鲏鱼躁动不息，在小鱼中极富攻击性，因而肉质紧实细腻。鳑鲏鱼能与呆子鱼和谐相处，也是因为它只能在Ⅱ类水质中生存。环保部门在鉴定水源质量时，除了索要过硬的数据外，一般还要参考附带的呆子鱼和鳑鲏鱼生存的图片。

　　溱潼民间流行的"第九鲜"还有不少，除了像蚬子这类在河底生存的，像银鱼、呆子鱼、鳑鲏鱼这类河里游的，还有河里长的，譬如一种四角绿菱。因为这涉及土壤、水质、生态等地质和环境问题，十分复杂，我不再专门讨论。

又闻中秋菱角香

第四章

鸡鹊湖的"鹊"

鸡鹊、喜鹊，还是鸤鹊

溱湖是个新地标，溱潼的地理和历史上并没有溱湖，或者严格说，没有哪一块湖面或区域冠名"溱湖"。

到目前为止，正规出版社出版的地图上，我们习惯上称为"溱湖"的国家 AAAAA 级旅游景区溱湖国家湿地公园的湖面，一般被标为"鸡鹊湖"或"喜鹊湖"。依我的理解，国家相关部门审定景区命名时，可能考虑到与国家湿地公园邻近的溱潼古镇是 AAAA 级景区，为了区别，将 AAAAA 级国家湿地公园冠名为"溱湖"。也好，把鸡鹊湖（喜鹊湖）和湿地公园周边互通的河湖港汊、沟塘汪渠都包含进来，构成一个充满全新生命力的新地标——溱湖。

当然，新地标溱湖的主体部分脱胎于鸡鹊湖或喜鹊湖。

为什么称"鸡鹊湖"或"喜鹊湖"，而不叫"鸡雀湖"或"喜雀湖"？

简单回答：鹊比雀大。雀，一般指代麻雀，个小，以跳跃移动为主，容易被外部世界忽略，譬如成语"门可罗雀"。鹊，相较于雀来说，是较大的鸟类，飞行较快，多指喜鹊，民间传说听见它叫将有喜事来临。

溱湖湿地里活跃着的，基本上都是个大体长的黑白喜鹊。而且，

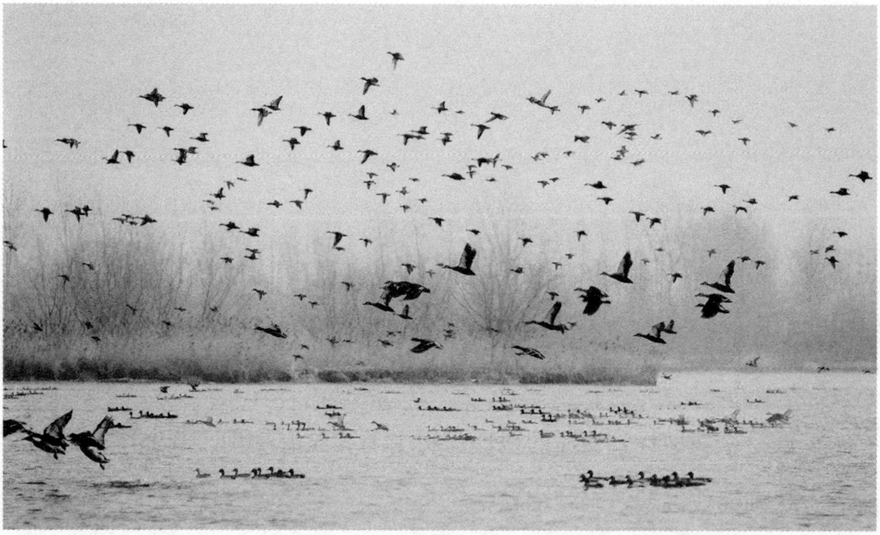

晨钟惊飞

如果你注意观察，偶尔有一两只飞落你身边的喜鹊，从嘴喙到尾翼是大大超过460毫米的。在中国古代，人们也用鸡鹊指喜鹊。喜鹊自古以来便是吉祥的象征，是古代宫中饰物图案里常见的吉祥鸟。汉武帝时就有记载："其国太平，鳷鹊群翔"（东晋王嘉《拾遗记·后汉》）。李白诗《永王东巡歌》之四云："龙盘虎踞帝王州，帝子金陵访故丘。春风试暖昭阳殿，明月还过鳷鹊楼。"诗中的昭阳殿和鳷鹊楼都在今天的南京。可见，江苏的鸟类族群中，有着鳷鹊的身影。溱潼的"鸡鹊湖"或"喜鹊湖"，曾经名为"鳷鹊湖"。清道光年间，举人储树人《海陵竹枝词》的附注中，将溱潼南面的湖称为"鳷鹊湖"，这是现存最早的文字记录。

溱湖地区大量生存着的鳷鹊，应该是潟湖地貌和湿地生态的馈赠。"溱潼湖里水如天，三面村庄但水田。只有湖东无屋宇，人家尽住打鱼船。"无屋宇的湖东面，是以前洪水过境的通道，客水东流以后，留下了近30平方公里的沼泽、荒滩、芦苇荡，这些沼泽、荒滩、芦苇荡里又滋养了繁茂的水草菱藕、螺贝鱼虾，而水草菱藕、螺贝鱼虾又招引了成群结队的飞禽走兽及其他珍异动物。喜鹊是湖滩上野树苇荡里的重要方面军，"鸡鹊群翔"就是在这样一条生物链的优良生态环境下形成的。

《本草纲目》里是这样记述喜鹊的："鹊鸣嗜嗜，故谓之鹊"，"灵能报喜，故谓之喜"，合起来称为"喜鹊"。溱潼的喜鹊更具悟性和灵性。譬如，这里的喜鹊有每年换窝的习惯，喜鹊垒窝的高度，可以看作当年洪涝或旱灾的预报。譬如，在没有人工天气预报的时日里，当地百姓每天早晨会观察喜鹊鸣叫的姿势。喜鹊昂头向上，一天天气晴好；低头"喳喳"，则当天一定有雨。

湿地家园——溱湖鸟天堂

所以，鸡鹊湖、喜鹊湖的本来名称，都应该是"鸒鹊湖"。就像民间嫌烦琐、图方便，把地名"溱潼"简化成"群中""存中"一样，把"鸒鹊湖"简化成了"喜鹊湖"，甚至是"鸡雀湖"，给我们今天在地名问题上正本清源带来一定麻烦。当然，现存的就是合理的。现在的溱湖和喜鹊湖，都是已经被认定了的正式地名称谓了。

但是，喜鹊湖的"鹊"不是普通意义上的鹊，它值得我们放到一个特殊的地理和历史环境下去认识和探究，包括在这个湿地公园栖息、生长的林林总总。

会飞的鸡、鸭、鹅

会飞的鸡，是野鸡；会飞的鸭，是野鸭；会飞的鹅呢？——是大雁。

湖荡里有一种野鸡，不仅会飞，还会潜水，可谓海陆空全能。这种鸡叫"黑水鸡"，身体是黑色的；又叫"红骨顶"，嘴喙是红色的。这种鸡的食物很杂，植物的根、茎、种子和小鱼小虾都吃。别看它体形较小，本领、能量却较大，会飞，会潜水，会在陆地上行走。相对来说，它飞行的本领稍稍弱一点，每次起飞前，都要用细长的双腿在水面上助跑很长一段距离。但它擅长游泳和潜水，受到惊吓和骚扰时，会长时间潜伏水底。黑水鸡生性警觉，一般都把窝搭在人迹罕至的水中芦滩里。

芦荡里还有一种名叫"环颈雉"的野鸡，它只在陆地行走和空中飞翔，体形比家鸡小，比黑水鸡大。环颈雉雄性与雌性羽色不同，雄性羽毛华丽，多具金属光泽，且主尾羽越长说明拥有的配偶越多，雄性尾羽的长短也是雌性择偶的一个重要标准。

喜鹊湖为什么又称"鸡鹊湖"？无疑是与野鸡多有关了。野鸡与喜鹊，是湖区，特别是湖东湿地的代表性禽类。

溱湖湿地野为魂

　　野鸭多，也是喜鹊湖的一大特征。野鸭多到什么程度？清朝初年诗人
吴嘉纪诗云：

　　　　溱潼水雾中，

　　　　屋上栖野鸭。

　　　　苹花莲叶遍里巷，

　　　　野鸭飞下争喽喋。

家乡的野鸭

这是清代溱潼秋天的一幅"写生"，也足见溱湖地区的野鸭之多。诗人笔下，水雾迷离，小桥流水，水巷深处，莲叶片片，荷花朵朵，野鸭结伴，屋上水下，翻飞戏语，镇美、景美、野鸭美。

野鸭是候鸟，秋冬季节从北方迁徙而来。栖息喜鹊湖的野鸭品种很多，有绿翅鸭、花脸鸭、绒鸭、罗纹鸭、鹊鸭、绿头鸭等。野鸭一般生活在沼泽、芦荡和湖泊中，嘴扁、脚短、翼长，能飞翔。喜鹊湖最常见的是绿头鸭，绿头鸭头部呈金属光泽的绿色，在阳光下极其养眼，颈上多有一圈白环，雄性野鸭背部为黑褐色并间杂有绿色的羽毛，十分矫健可爱。据生物学家的研究，绿头野鸭是里下河地区家养麻鸭的先祖，麻鸭即由绿头野鸭驯化而来。的确，在人工饲养的鸭类品种中，麻鸭的个头最小，也最机敏。而个小、机敏，都是绿头野鸭的特点。在生物学家的研究报告中，绿头野鸭警惕性极高，哪怕在水上睡觉，都有一半的脑神经"醒着"，闭一只眼睁一只眼，随时监控和准备应对周围发生的不测。

应该说，绿头野鸭的这种警惕性，也是它们在千百年的生存中，被人类逼出来的一种求生本能。在我的少年记忆中，有一些家境比较殷实的打鱼人家，秋冬时节他们的捕鱼船一边，总是傍着一叶扁舟，大小类似今天体育运动中单人划桨的小船。开始不知其用处，后来方知这是一种专门用于猎杀野鸭的交通工具，叫"铳船"。这叶小舟单人单桨，舟上备有火铳一杆，迷鸭一只。火铳就是一种原始的火枪，也称"猎枪"，子弹就是霰弹状的铁砂，因为比较原始，要点火引发。迷鸭就是"卧底"，有从麻鸭中挑选培训的，也有从网捕的野鸭中驯养的。我曾经见识过这种霰弹的制造，白铁匠将生铁在耐火泥制成的钵子中熔化成液体，用火钳夹住泼入备

溱湖精灵

好的平摊在地上的砂子中，冷却后，就可从砂子中筛出比仁丹颗粒还小的细珠状"子弹"。小时候，咸菜烧野鸭是每年都能吃上几回的美味，菜盘上桌的时候，大人总不忘提醒一句，"注意弹籽，当心硌掉牙齿！""弹籽"，就是这种子弹。捕猎野鸭时，打猎者勘察到这片芦苇荡中有野鸭群居，就悄悄划着铳船来到芦苇荡附近，将迷鸭放入水中，迷鸭的一只脚上系着长长的细绳，另一头绑着一块砖头沉入水中。"迷魂阵"摆好后，小船退到隐蔽的地方，迷鸭发出呼引同伴的鸣叫，芦苇荡内的野鸭闻声纷聚而来。就在群鸭嬉戏正兴的时候，猎人点火打枪，火光一闪，训练有素的迷鸭一头没入水中，枪响之处，惊飞的群鸭，正好迎上满天的霰弹，中弹的野鸭纷纷掉落湖面，铳船疾速划出，收获"战果"。绿头野鸭的高度警惕性，大约就是这样练出来的。

旧时，猎杀来南越冬的大雁，基本上也是这个套路。但是，大雁比野鸭组织更严密，警惕性更高，也就更难对付一些。大雁群居休息的时候，有专门的放哨雁。值班放哨的大雁一旦发现"敌情"，会发出清楚的信号，包括逃散的方向。所以，围猎雁阵，往往是三四条，甚至是五六条铳船联合行动，四面围堵，分享收获。

这种刺激和血腥的场面一去不复返了，野鸭、大雁都已列入野生动物保护范围，铳和铳船也都已成了文物，民间鲜有收藏。

大雁的种类很多，我国境内活动的就有鸿雁、豆雁、灰雁、斑头雁等六七种。鸿雁和灰雁比较常见。鸿雁，就是传说中可以帮助人类传送信件的那一种，体大性猛，飞行快捷。自律、敏感，是鸿雁的两大特点。鸿雁以"人"字形队形飞行时，头雁受到的空气阻力最大，两边飞行的雁群都享受随头雁振翅产生的气流而来的"福利"，相对省力一些。所以，飞行中的头雁，都是由个大体壮的"骨干"主动轮值的。观察发现，放哨值岗也是一样，往往是丧偶的孤雁主动承担放哨任务。大雁家族中的灰雁，已经可由人工饲养。灰雁也叫"灰天鹅"，它们一般分布在俄罗斯的西伯利亚地区和我国的东北、内蒙古北部地区，秋冬季节，迁徙至黄河两岸和淮河流域。灰雁栖息于麦田、水边、沼泽和芦荡地带，因此，长此以往，喜鹊湖就成了灰雁来南越冬的快乐大本营。因为大自然食堂的"自助餐"太过丰盛，落脚在喜鹊湖畔的灰雁，冬季以后，一只只膘肥体壮，飞也飞不高，走也走不动，干脆就不走了。年复一年，灰雁呼朋唤友，喜鹊湖成了它们一年四季的永久营地。

北来的雁成了会飞的鹅以后，有关方面批准，在喜鹊湖附近的河边滩地上，建立了灰天鹅养殖场。养殖场有数十米高的"天网"覆盖，确保灰

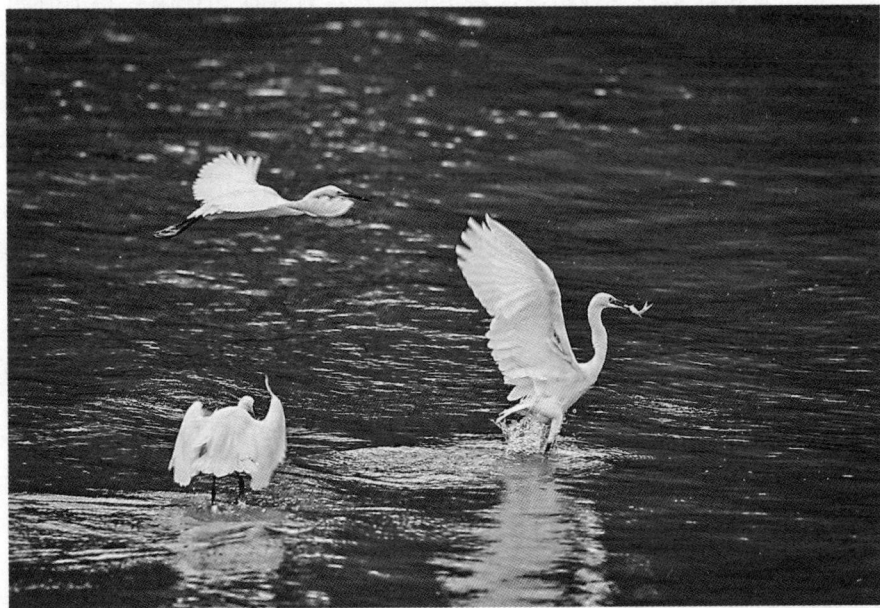

水鸟惊鱼银梭投

天鹅可以在一定高度内飞翔。养殖场内的水面,有人工投放的螺贝、鱼虾和草茎,满足灰天鹅生长和生活的需要。灰天鹅颈部比较粗短,翅膀又长又尖。雌性灰天鹅每年可产蛋 25—30 枚,灰天鹅蛋质地细腻,优于一般鸡蛋。灰天鹅肉营养丰富,味道特别鲜美。现在,到溱湖旅游,即便是"癞蛤蟆",如果想吃天鹅肉,也是一件十分容易的事情。

湖是鹿的故乡

写到这里的时候,禁不住想起宋代文学家苏东坡的《赤壁赋》中的名句:"况吾与子渔樵于江渚之上,侣鱼虾而友麋鹿,驾一叶之扁舟,举匏樽以相属……"苏东坡与友人月下泛舟,江上饮酒,慨叹世事沧桑的时候,水中有鱼虾为侣,身边(或岸上)怎么会有麋鹿相伴呢?我少时阅读,对此处总是不得其解。鹿是山神,一般生活在山地和森林,似乎于江、于湖、于水无缘。那时也不懂,甚至不知什么样的鹿是麋鹿。

翻看溱湖的历史资料,方知,麋鹿的故乡在溱湖。

《后汉书》郡国志中,有海陵麋鹿"千百成群"的记载。西晋张华在《博物志》中说:"海陵县多麋,千万为群,掘食草根,其处成泥,名曰麋唆田。民随而种,不耕而获,其利所收百倍。"可见,麋鹿不仅早就生活在古海陵地区,而且群体庞大,有着掘食代耕、造福百姓的功能。这种独特的生活习性,客观上也帮助溱湖地区、海陵地区的先民加快了从原始渔牧生活向农耕生活的过渡。考古发现,五六千年以前,在溱湖还是黄海海滨的滩涂湿地时,就有麋鹿在这里生存繁殖了。全国范围内,挖掘到麋鹿化石的地方很多,但姜堰地区出土的频率和比例最高。1976 年 12 月,在

湿地深处听鹿鸣

姜堰境内的一处水利工地上，出土了一具全世界独一无二的完整的麋鹿化石。上海自然博物馆麋鹿研究专家曹克清认为，仅以此例就无可辩驳地证明，麋鹿的祖先生活在古代的海陵。这具完整的麋鹿化石，现今陈列在泰州市博物馆内。大约在汉代以后，沿海地区人烟开始稠密起来，人类的猎杀和生存环境的压缩导致野生麋鹿逐渐减少。明《崇祯泰州志》记载，当时的泰州府已经将麋鹿当作贡品每年进京朝贡了。清代更甚，为数不多的几百头麋鹿，全部关进京城的皇家园林，供皇亲国戚狩猎享乐所用。也正是在这样的背景下，19世纪中叶，西方帝国主义列强大举侵略中国时，意大利神甫大卫看到了麋鹿的珍稀价值，用卑劣的收买手段，盗杀了皇家园林的两头麋鹿，将鹿皮带回西方后制成麋鹿标本收藏。英法联军火烧圆明园时掳走了剩余的麋鹿，这个神甫居然欺世盗名，将东方麋鹿标为"大卫

芦苇中的麋鹿

神甫鹿"在博物馆展出。那时，麋鹿日渐稀少，仅在英国还有少量存活。麋鹿和熊猫一样，成了世界上濒临灭绝的十大珍稀动物。至今，在西方动物辞典上，麋鹿的英文名还是"大卫神甫鹿"。

流落海外百余年的中华"游子"盼望回家，开始复兴的家乡也欢迎"游子"的归来。1986 年，世界野生动物组织和英国政府相关部门，将生存在英国的"海陵麋鹿"后裔，送回到古海陵属地的大丰麋鹿自然保护区。1996 年 9 月，大丰麋鹿自然保护区又将四头麋鹿送到溱湖湿地风景区的麋鹿园，千年珍稀动物终于回归故里。

麋鹿虽属鹿科，但和在山地、森林中栖居的其他鹿种不一样。麋鹿是一种大型草食动物，尤喜在河网密布、水草丰茂的滩地群居。雄鹿体重最高可达 180 公斤，雌性略轻，也都在 120 公斤以上。雄鹿有角，鹿角往往像花枝一样呈几何状展开，威武至极。麋鹿体毛随季节的变化在黑褐、赤锈和灰白之间转换。麋鹿四肢粗壮，主蹄宽大、多肉，有很发达的悬蹄，行走时发出响亮的蹄击声。麋鹿"蹄似牛非牛，头似马非马，尾似驴非驴，角似鹿非鹿"，所以，又称"四不像"，这也是麋鹿珍稀的另一重要原因。

麋鹿在漂泊海外的 100 多年里为什么不见繁殖，种群反而日渐减少？其主要原因，就是没有黄海平原湿地的生存环境。回到故土的麋鹿，迅速激活了它们的本性和灵性。散放在大丰麋鹿自然保护区的 39 头麋鹿，在 40 年不到的时间里，已经繁衍到了 2000 多头；1996 年回到溱潼的 4 头麋鹿，现在已经是 150 多头的兴旺家族。麋鹿的繁衍十分有趣，仿佛自然界中一首物竞天择、强者为王的壮歌。据溱湖麋鹿园的管理员介绍，每年的 5—8 月，是麋鹿的求偶发情期，交配怀孕后，经过 9 个月的孕育，第二年的 5 月前后，幼鹿诞生。在鹿类动物中，麋鹿的孕育期最长，差不多与人相当。麋鹿择偶是一个无情无义、带点血腥的过程。每年从 5 月开始，雄鹿之间就开始鹿王争霸赛，争霸赛两两对决，极守规矩，胜者晋级，败者淘汰。到最后的鹿王争霸时，所有的雄鹿、雌鹿围成一圈，观摩冠亚军之间的殊死拼斗。胜者为王，独享"三千佳丽"，败者是不可以染指任何异性的。和人类一样，也有不守规矩的"偷腥"雄鹿。有一次，上一年的鹿王丢失冠军宝座后，偷偷摸摸与旧爱寻欢，新晋鹿王发现后大怒，立即当众讨伐，直至用鹿角挑死了"违法"的前鹿王。被挑死的前鹿王的标本，陈列在溱湖湿地博物馆内，英俊威武，仪表堂堂。管理员介绍说，鹿王争霸每年一次，每次持续一个月左右，一般都在下午进行。鹿王每年产生一

追逐

头，溱湖麋鹿园曾有连续三年担当鹿王的。一般来说，鹿王争霸中发生小的流血事件是有的，但挑死"奸夫"事件，仅仅发生过一次，可能也是因为挑战了种群秩序的底线。

芋头、黄豆、红粟米

2013年秋天，我曾跟踪采访了当时泰州市的一项农业活动。时任市委副书记杨峰分管农业，他的大学本科专业是农学，因此总琢磨着发挥自己的专业特长，为农民和农业多做点事情。经过试点，他发现泰州地区的芋头种植大有潜力。于是，他在相关分管部门的协助下，分别在四个市（区）大面积种植靖江香沙芋、泰兴香荷芋、兴化龙香芋、姜堰紫荷芋等四个品种，总面积 7 万亩，按每亩收益 4000—5000 元计算，芋农当年收益逾 3 亿元。这一年芋头节开幕的时候，"国字号"的蔬菜专家、军内外的营养学家、国内主要城市的蔬菜批发商云集泰州，海军辽宁舰、远望号测量船的载重卡车排在数百米长的车队前面。人们惊叹一个小小的芋头节办成了如此盛大的场面。其实，盛大场面的背后，有着非常缜密的科学论证和良苦用心。杨峰说，芋头的大面积种植，要根据地理科学、土壤科学、农业科学、植物科学的规律进行。泰州地区地理位置特殊，处于里下河地区低洼黏土与沿长江高沙土地区以及千年黄海冲积平原的接合部，三水汇合，淮水过境，海水侵蚀，江水淘沙，四个市（区）土壤酸碱度的差异孕育了四个不能互相易地种植的芋头品种。杨峰还提供了两个方面的数据：一是 2012 年世界蔬菜销售的排行榜。芋头列第 14 位，全球销售约 570 万吨，可见其畅销程度。二是江苏省农科院食品质量安全与检测研究所的一组权威数据。他们对国内市场上的 40 种芋头进行抽样检测，泰州 4 种芋头氨基酸、粗蛋白、矿物质等的含量分别高出山东莱阳芋头、广西荔浦芋头等优质品牌芋头 55％和 67％，对人体大脑富有保健作用的磷元素高出近两倍。泰州四种芋头中的姜堰紫荷芋，是指溱潼、俞垛、淤溪、华港一带垛田里产出的籽状芋头。紫荷芋含有钙、磷、铁、钾、镁、钠、烟酸、胡萝卜素、维生素 B、维生素 C 等元素和物质，其丰富的营养价值能增强人体的免疫功能。辽宁舰每年都大量采购紫荷芋，作为舰上官兵的辅助食材。中医还将其推荐为防治肿瘤的药膳主食，认为芋头中的一种黏液蛋白在被人体吸收后，能产生免疫球蛋白，提高人的肌体抵抗力。

我翻出十多年前的采访笔记说事，不是发思古之幽情，而是想借此建议，要了解本土科学，熟悉本土科学，热爱本土科学，光大本土科学。因为，三年之后在泰州的一次采访，又让我对这个话题颇有感慨。

那是对非遗代表性项目泰州手切干丝的采访。泰州早茶中的烫干丝，当时的价位是，机切干丝一份 6 元，而非遗传承人杜文芸手切干丝一份 20 元。杜文芸是奶奶级的大厨，她在广交会（中国进出口商品交易会）现场表演时，排队购买品尝的队伍每天都超过 20 米，国宾级客人到了江苏，也少不了欣赏她的现场献艺。杜奶奶两把不同用处的钢刀上下翻飞，瞬间将一块 1.5 厘米厚的豆腐干子剽成 12 层，然后再切成牙签状的干丝。经过漂洗、水烫、提碱、拌和等一系列程序，一盘色、香、味、形兼具的名肴——泰州烫干丝，送到了我们面前。品尝之后，我无意中向杜文芸提了个问题：为什么扬州烫干丝入口感觉嫩酥，不如泰州烫干丝入口筋道？哪知，杜文芸随口就来，侃侃而谈，其专业程度既出人意料，又让人深深叹服。她说，这跟做成豆腐干的原料有关，原料就是黄豆。扬州干丝的豆腐干子多由东北大豆制成，东北大豆制成的干子偏软偏松，剽开后有多处气孔，由片切成丝后就容易断成一截一截，像火柴枝长短，开水烫制过程中，水温控制稍有疏忽，就容易酥烂。杜文芸说，她剽制的豆腐干子所用的大豆，都是精选的本地大豆。所谓本地大豆，必须是溱潼、俞垛、戴南、溱东一带生长的黄豆。本地豆子颗粒硕大饱满，结构细紧绵密，制成的豆腐干子硬挺细实，开片切丝后抖擞开来，像牙签一样。这样，两种干丝烫制出来以后，口感差别就比较明显了。杜文芸特别强调，这不是制作过程中的压榨工艺问题，外地大豆包括东北大豆磨浆制干，压力再大也会有孔，而且，含水量总是偏高。

那次陪同采访的有当时的泰州市旅游局局长刘宁，刘宁接着杜文芸的话说，这不是"一方水土养一方人"的小道理，而是"一方水土产一方物"的大学问。泰州风物有很多特别之处，泰州人往往只会享受，不知道多问一个"为什么"。譬如泰州"三麻"，人们只知道本地麻油比外地香、麻糕特别好吃，没有人比较里下河地区芝麻的含硒量、稀有元素和外地同类产品的多与少。70 岁的刘宁，是泰州本地少有的既饱读诗书又很接地气的书生型干部，说话文雅朴实，常常在不经意间用俚语方言趣说一个深奥的问题。

扯远了，还是回到干丝话题。刘宁的意思是，大厨杜文芸出于非遗表演的需要，专门让人采买、囤积正宗本地黄豆，遇有重要任务，才舍得拿点出来磨浆、制干、切丝。既然如此，我们本地的农口干部和专业科研人员，为什么不从科学的角度做做这道题目，搞出个一、二、三、四的"所以然"来?! 种植大豆肯定比种植粮食经济收益高，泰州干丝助力泰州早茶弘扬品牌效应，也是一举多得的好事情。这样的系统工程，无非是要多花一点时间，多花一点精力，沉到田头地头，沉到实验室和案头，但是，我们往往就是在这些方面缺少宏观上的系统运筹。

一方水土产一方风物，的确是一门大学问，很值得"为官"在这"一方"的大大小小的干部们当作终生课题，起码，要作为在"这一任"工作时的主要课题，认真破解。我至今难忘 11 年前在泰州与杨峰关于芋头的深夜对话。杨峰说，在他小时候的记忆里，芋头是可以救人命的。他说，现在种芋头每亩收益 4000—5000 元，比种粮食来钱。他还说，泰州地区的芋头种植一直限于家前屋后、田头沟边，零打碎敲，他在尝试成片种植，但前提是找到科学依据和小面积试种成功。他又说，泰州种芋头的历史有 800 多年，优胜劣汰，留下了现在的四个优良品种，而且这四个品种在小小的泰州也不能易地种植，这说明了地形地貌、气候环境、土壤土质、经度纬度等对芋头的生长和质量有必然影响。我插话说，这不是猜想，而是需要求证的结论。我说，我采访过红塔山烟厂，红塔山烟草在云南玉溪地区几乎是全面积种植，这一抉择就是得益于有心人出国时的偶然发现。英国三五牌香烟只收购特定经纬度地区的烟叶，那时玉溪地区的山地梯田正不死不活地荒芜在地球这一端的同一经纬度上。试种烟叶后，玉溪富了，红塔山火了。那一天深夜杨峰很兴奋，他说，经过试点，泰州当年的芋头种植面积已经达到 7 万亩，下一步的目标是 10 万亩。芋头种植劳动强度大，还处于手工、农耕或半机械化状态，要加快芋头种植机械化的进程。还有芋头销售产业化的问题、芋头次生产品深加工的问题、泰州芋头进一步走向全国走出国门的问题……杨峰讲到兴奋的时候说，研究本土文化是件非常有意义的事情。我为他助兴，说泰州人在宋代就有民谣：

> 深夜一炉火，
>
> 浑家团团坐。
>
> 煨得芋头香，
>
> 天子不如我。

你看，收获时节，吃着烤芋头，芋农连皇帝佬儿都瞧他不起。杨峰那时候 50 岁刚出头，中等身材，不胖不瘦，肤色白皙，温文尔雅，老百姓喜欢称他"芋头书记"，他也有决心、有信心继续做自己的芋头文章。非常遗憾，因省里另有任用，"芋头书记"的芋头文章没有做完，留下"一盘没有下完的棋"。

其实，这样的文章还可以也应该有人继续做下去。不仅仅是芋头文章、黄豆文章，还有更多攸关民生和地方发展的课题，在等待有识之士的揭榜和探究。

例如:外地野生鲫鱼和溱潼地区人工养殖的鲫鱼,从头至尾只有 27 道或 28 道鳞片,而溱潼地区的野生鲫鱼,鳞片披甲一定在 29 道以上。

例如:溱潼镇西的湖泊夏家汪,早已因围湖造田而名存实亡了,但每年的初夏时节,遗存着的沟沟荡荡里,仍然活跃着乳白身子、黑眼睛的小群银鱼。假如找到成因,可否试养,进而推广至大面积人工养殖?

例如:现代化的水利建设和农田建设,实现了农村的旱涝保收,但由此带来的水流静止,让现在的溱湖簖蟹大多徒有其名,哪怕喜鹊湖中的湖蟹也是"塘养蟹",因为簖蟹只有在一定流速的河流中才能产生,如同只有赛场和跑道上才能产生跨栏健将一样。我们可否利用现有水利设施,在一定区域内打造有一定水位落差的人工水流呢?否则,溱湖簖蟹就要成为断代了的溱湖"断蟹"了。

例如:江苏省农科院发布的信息说,全国最好吃的大米品种江苏最多,江苏最好吃的大米是南粳 46。2012 年秋末,成功育种南粳 46 稻种的王才林研究员,带着十来位各路专家,从苏南溧阳、高淳,跑到苏北宝应、射阳,试吃品评南粳 46 大米煮成的米饭。最后一站在溱湖农业生态园,王才林研究员嚼了两口米饭后停了下来,问接待人员是否是当地产的大米。在得到肯定回答后,这位南粳 46 之父激动地说,这是江苏最好吃的大米,这是全国最好吃的大米,这里的水土保持、土壤成分,肯定有特别之处……

汉代记载的"海陵仓,红粟米",唐代白居易诗句中的"红粒香复软",宋代陆游的"香粳炊熟泰州红",应该都是在讲香粳稻中的优质晚熟大米。同一片土地在不同年代生长出的优质稻米之间有没有渊源?

等等，等等！

王才林研究员设问的"特别之处"，是否就是土壤的成因是三水冲积？是否就是水土的成分酸碱适度？是否因为潟湖遗存或湿地影响？是否因为这里是江苏独有的"锅底洼"呢？

新一代的溱潼人、姜堰人、泰州人，有没有谁站出来，像当年的杨峰一样，尝试着当一回"黄豆镇长""银鱼书记""簖蟹区长"呢？

溱湖湿地农业生态园

第五章

文化名镇的"文"

帮船·民居·响砖巷

独特的地理环境和独特的生态环境，也孕育和滋生了溱潼独特的地方文化。古镇溱潼"锅底洼"的地理环境，0.54平方公里孤岛状的镇区规划，首先催生了帮船的兴起与繁荣。这是最原始的客运交通方式。

帮船，实际上就是一种简陋的短途水上客船，相当于距离长一点的渡船。5公里以内距离的帮船，往往就是裸船，讲究点的，在舱内放几张小板凳。5公里以上属于中距离了，船舱中间搭一个拱形棚子，可以挡风避雨。两地距离10公里以上的帮船，才会像浙江绍兴一带的乌篷船一样，除了留下船头裸露，便于乘客上下，其他部位都有拱形船棚遮蔽。帮船运行，短途用竹篙，中、长途一般用木棹或者用橹。溱潼在明代嘉靖年间被设置成镇市之前，就形成了比较完备的商品流通市场，成了周围四邻乡村的"嘉年华"，但通往溱潼的路线只有水路，帮船应运而生。镇上中夹河的西石桥一带，成了镇西、镇南各乡村帮船往返溱潼的帮船口。镇东北乡村的帮船，则较多选择中夹河的东石桥一带作为帮船口。帮船一般早晨从乡间出发，船客称从乡下到镇上采买物品叫"上街"，下午，在约定时间，帮船再分头返回各自的村庄。

溱潼有轮船开通的历史可追溯到1921年。这一年，近代实业家张謇

溱湖印象

开办的大达（内河）轮船公司，开通了南通开往盐城、扬州等中等城市的航线，途中增加了沿线几个带有节点意义的中心城镇，海安、马塘、东台、溱潼、泰州、仙女庙（今江都）等地都被囊括了进来。大达客轮的开通，不仅没有影响溱潼帮船的客流量，相反，更加推动了溱潼中心城镇交通的繁忙，帮船则成为河运干线上穿行的轮船的重要补充。史载，1936年间，溱潼的帮船业业务繁盛，每天靠埠的船只达到150条之多。为了规范管理，保证乘客安全，在镇商会的帮助下，帮船业主成立了"水上船行小帮公会"，会员只有缴纳一定会费，领取会员证，方可在指定区域泊船营业。那时候，溱潼水上航运繁荣，经济地位更加突出，成为名震一方的商业重镇。作为里下河水乡深处东西南北的通衢之地，溱潼当时有"买不尽的东南，卖不完的西北"之美誉：大大小小的船只，满载着下河地区广袤土地上盛产的稻米油粮，沿水路经溱潼中转，再挥棹而上，运往四面八方；而在上河装满南北杂货的船只，也绵延不绝地由水路顺流而下，经溱

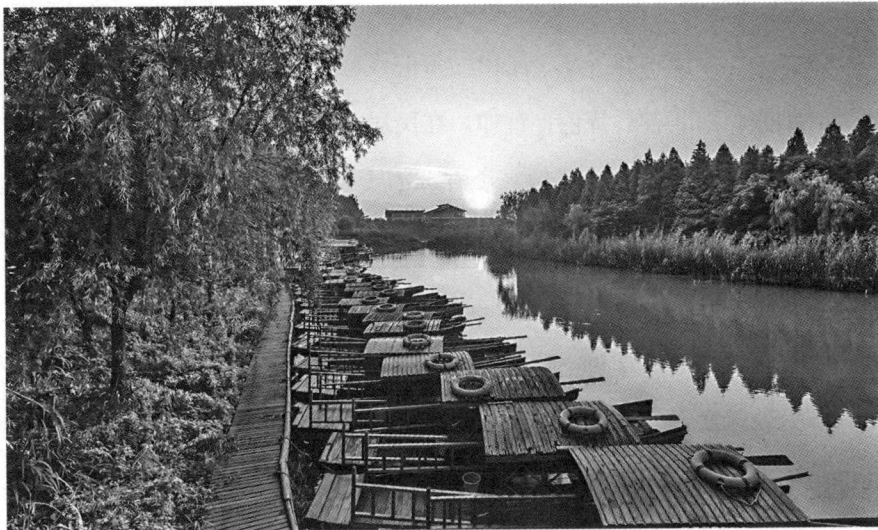

夕照摇橹

潼抵达周边的四乡八村。可以想象，那时的溱潼，南来北往的商船络绎不绝，方便快捷的帮船交织穿梭，河湖港汊舟帆云集，水陆码头熙来攘往，远远瞭望，颇有几分《清明上河图》的气象。

这样的交通状况，一直延续到20世纪70年代末。在陆路交通没有通过架桥、填河等方式进军古镇之前，西夹河、东夹河上的帮船口，作为镇东头轮船码头的补充，一直是小镇溱潼的一道亮丽风景。

交通的便利和繁荣，也直接或间接地影响了人们居住文化的形成和特色。在溱潼成了粮食和商品的重要集散地之后，不少业主由"行商"变为"住贾"，殷实之家开始择地而居，兴宅地，修别业，客栈、饭店、商店等服务行业应运而生。小镇溱潼开始变得人烟稠密，市井繁荣，石街迤逦，小巷幽深。中夹河三座石桥的两边，次第出现了青砖小瓦的民居，既密密匝匝，又错落有致。这种格局的水乡小镇，外地客人常把她称为"苏南水乡",至今还有不少文化人的作品中,把溱潼称为"苏南小镇"。实际上,苏中水乡小镇溱潼,和吴江、昆山一带的江南水乡小镇比较,粗看,大差不差,细察,南北各具特色。譬如,在民居上就有不少明显的区别。溱潼较多的是寻常巷陌、街衢里坊,少有苏南大家族的园林精舍、深宅大院。溱潼的原住民多为商贾贩夫、平头百姓,少有达官显宦、锦衣纨绔。镇区河道里穿行的多为生活用船、生产用船和往来乡村的小帮船,鲜有雕龙画舫、丝竹管弦。与江南的一些古镇名镇相比,溱潼少了些富贵气、脂粉气,却处处弥散着一种乡土韵致,彰显出扑面而来的平民气息。这种平民化的风格也体现在溱潼人的日常生活和商务活动之中。他们既擅长生意和

庭院素描

生计，又不失敦厚、纯朴和诚信，因为，小镇太小，抬头不见低头见，早上不见晚上见。大家信奉的是和气生财、邻里互助，鄙夷的是见利忘义、互相算计。因此，即便是处于历史上的战乱年代，小镇也较少受到冲击，依然平常度日，宛若世外桃源。

"世外桃源"有一条长期留存在史志典籍中的记载——道不拾遗，夜不闭户。"道不拾遗"作为一个社会治理目标，相对容易实现一些，毕竟道是公共场所。在公共场所，道不拾遗，无论是对社会的公共管理来说，还是就个人的道德操守而论，都是一种必备的准则。而"夜不闭户"，则增加了许多无法量化、无法遵守的不确定因素。这个问题涉及小镇道德和法治的倡导与建设。但作为一种群防群治的地方标本，响砖巷无疑引领了溱潼镇历史上夜不闭户的风尚。

"溱砖"铺就的响砖巷

何谓响砖？用溱湖地区的黏土烧制成的砖块，基本上都是响砖。

何谓黏土？溱湖地区三水冲积形成的土壤中，含沙的成分被东流黄海的大浪带走，沉积下来的土质就是黏土。黏土和粘土在现在的应用中有些混淆，但却是两个不应该混用的概念。"粘"，多作动词，连接的意思；"黏"为名词，或形容词。黏土，指有黏性的土壤，含沙量（粒）极少，水分不容易从中通过。一般的黏土是硅酸盐矿物质在地球表面风化后形成的，这种柔可绕指、硬却似铁的泥土，在远古时期就被人们广泛运用了，譬如烧结后制陶、制砖。这样的化学解释，也暗合了溱湖作为远古的潟湖遗存，土质含有大量硅酸盐矿物质的成因解析。还有一种更通俗的解读。20 世纪 60 年代末，南京、上海的一批知识青年插队到溱湖农村，他们当中一名表现突出的代表在大会上介绍下乡体会时，这样描述溱湖地区的黏土："晴天赛钢刀，雨天似黏胶，双脚插进去，想拔，你也拔不掉！"用这样的土壤制成的砖块，色如绿豆青，敲击叮当响。北京故宫、上海城隍庙、南京中华门的建筑物中，都有标着溱潼及制砖人姓名的砖或瓦。用这样的砖头竖立着光砖铺路，不用砂浆水泥勾缝，人在路面行走，砖与砖之间似金属撞击，于是，砖谓响砖，巷谓响砖巷。虽然小镇溱潼夜不闭户，但是响砖巷兼有防盗报警功能，随时给室内的住户报告巷内发生的一切。阅尽沧桑的老人甚至能根据巷内砖头撞击时轻重缓急的响声，大致判断出行人的性格特征。古镇溱潼还保留和恢复了几处这样的响砖巷，你要不要去走一段试试？

千百年间，小镇的百姓就在这种恬适安宁、你仁我义的环境中和谐相处，和睦而居。史载，清代，溱潼一度隶属东台县政府，有个县官已经在任三年，却从没有接到过溱潼百姓的告状诉讼，这个县官好奇，溱潼是经

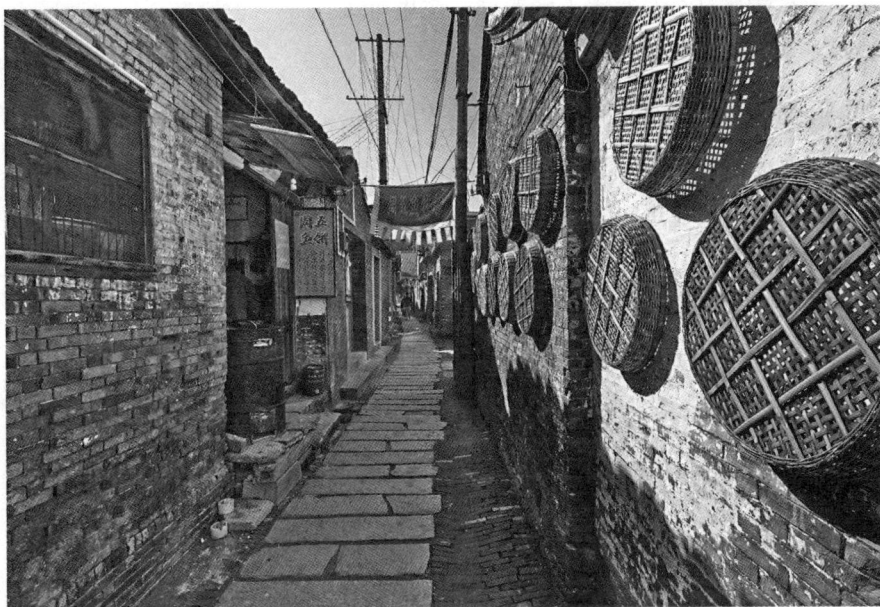

古镇小巷

济、文化重镇，真的如此安宁？带着几分疑虑，他到溱潼微服私访，随从领他体验地方特色响砖巷。县官来到田家巷，巷口是一家百年老店黄天聚药店，店内伙计正在给路人布施膏药。走进巷内，一扇小门虚掩，推门进去，见一少妇正为一老奶奶梳头，一了解，竟是婆媳关系。走到门外，又遇一男孩正搀着一白发老翁在慢慢行走，上前询问，原来是孙儿陪爷爷去洗澡。县官随后又去了邻近的小溱湖巷，也看到了大致相似的民间即景。这个县官大人甚为感慨，溱潼人真的是亲和良善。他回到县衙，亲题"仁里可风"四个大字，命人镌石两尊，分立在田家巷和小溱湖巷口。

现在溱潼古镇上有几座牌坊可读可赏，钟楼的牌坊联云：

千年毓秀槐无贵贱茶无恙，

百年留芳桥有雌雄井有灵。

横批就是清代这个县官大人的题词：仁里可风。

书院·银行·契约馆

仁里可风的"仁"，和带有弘扬、推广意义的"风"，应该说主要得益于小镇人一直以来对文化的敬重、敬畏和敬仰。溱潼历史上，很早就有零星的关于书院的文字记载，正式建立书院在清同治六年（1867），由本镇人李云牵头，成立了溱湖书院。

清代的书院，较多的是为科举考试而办的预科班，是为地方士绅后代或富家子弟日后跻身社会精英阶层服务的。溱湖书院不一样，创办伊始就迈出了与众不同的一步。清同治八年（1869），书院董事会呈准在溱湖书院内成立溱湖义学，溱湖义学又名"溱湖义塾"，义塾学员一律免费，经费来源主要靠学田租息和私人捐资。学田，是溱湖书院的董事根据各自的能力捐赠的公用田亩，农户租种后缴纳的收入用于书院的开支。这样，用今天的说法，当年的溱湖书院是一套班子，两块牌子。溱湖书院实行全日制，收费入学，开设的课程有国文、算术、历史、地理、音乐等。溱湖义塾面向社会招生，免费入学，在节假日和晚间授课，有点像今天的夜校或早年的扫盲班之类。义塾开设的课程除以上内容的普及外，更多的是讲析社会应用常识和市场营销规则。总之，经世致用是义塾教学的第一准则。

溱湖书院和溱湖义塾的教学内容丰富，教育方式灵活，连教学语言都很风趣。这些优良传统，一直延续到后来在原址上创办的溱湖初等小学堂、溱潼私塾。1932年出生的当代著名诗人池澄回忆，他六岁时被领进了老槐树下的溱潼私塾，老师王仲华为他取名"池澄"，说溱潼多水，地名两个字有六点水,给你取名"池澄",两个字也是六点水,长大后要热爱家乡,歌唱溱潼。也许就是因为这样生动有趣的启蒙教育,池澄从小热爱读诗、写诗,尽管少年时期就离开了家乡,91岁写诗时,还是忘不了家乡溱潼。

或许,正是得益于溱湖书院这种对文化和文明有教无类的"传道",溱潼古镇虽小,在崇尚道德礼仪、追求公平正义、建立文明秩序、发展区域经济等方面,倒是领风气之先,走在同类城镇的前列,甚至领跑了里下河地区整整一个时代。

1867年溱湖书院、1969年溱湖义塾建立以后,小镇雨后春笋一般接连冒出以下一系列新鲜事件。

1870年,溱潼有了第一家旅馆——建安旅堂。

1889年,市民陈永平独资捐建麻石街。

1905年,较具规模的李裕坤粮行开业,至此,小镇已有13家粮行。

1908年,泰州泰来面粉厂开设溱潼分厂。

1919年,上海福兴面粉厂设立驻溱潼办事处。

无锡荣宗敬、荣德生兄弟的茂新面粉厂在溱潼开设茂新办事处。

1920年,溱潼开通电话、电报业务。

1921年,张謇创办的大达(内河)轮船公司开通溱潼轮船码头。

1922年,溱潼义泰钱庄开业。

1923年,溱华电灯厂16千瓦发电机24匹马力柴油机开机发电,镇上居民开始了电力照明。

几乎是同一时期,泰州永丰、福康钱庄、晋泰钱庄、钜泰钱庄等先后在溱潼开业。

1924 年，黄村（今姜堰石黄）套闸打通，上河、下河地区大小粮船畅通，溱潼粮市开始新一轮爆发式繁荣。

1927 年，上海南方电焊厂、上海天蟾舞台投资溱潼，联办大中轮船公司。

1928 年，中国共产党溱潼特别支部成立，秘密发展党员 60 名。

1933 年，《溱报》创刊发行。

1934 年，溱潼电话局开通 50 门交换机。

王曦台石印书局开印。

交通银行、中国实业银行、江苏省农民银行、江苏省银行、中南银行等银行在溱潼设立分行或办事处。

1936 年，吴宝记书店三号脚踏圆盘机开印。

王伯记创办的溱潼自来水厂供水。

1942 年，无锡申新纱厂在溱潼创办中亚纱厂。

1946 年，经中共苏中区委批准，在东台城南、时堰、廉贻以及原溱潼所属区域成立溱潼县。

我不厌其烦地从《溱潼镇志》上摘录了 20 世纪初叶前后的部分大事记，是想说明和强调几个观点。

首先，水乡小镇溱潼曾经是苏中地区的"小上海"，名副其实。试想，20 世纪 20 年代的时候，溱潼的电话、电报、电灯、自来水、报馆业、印刷业等就正常运营；民间的慈善业、旅馆业、金融业、运输业风生水起；上海、南京、无锡、南通、泰州的实业界大亨看好溱潼，纷纷前来投资兴业。这一切的一切，当时苏北、苏中地区的县城，有几个能与之比肩？而溱潼，只是个水乡小镇。

其次，经济地位、政治地位重要。《溱潼镇志》和其他相关书籍记载，20世纪二三十年代，溱潼镇处鼎盛时期，有七家国有银行和省级地方国营银行在这里设立分行、支行或办事处，独资和股份制的钱庄更是数倍。也正是因为看到了溱潼在周边地区，特别是里下河地区的重要地位，我们党才会在1928年建立中共溱潼特别支部，秘密发展60名党员，并在1946年成立了包含现在的东台市、海安市部分地区在内的溱潼县。

还有，近代民族实业家和资本家荣宗敬、荣德生兄弟以及张謇，先后于1919年和1921年布局溱潼，其意义不容小觑。张謇的大达（内河）轮船公司开通的由大丰、东台至扬州的航线，原来是从东台经海安，直接从老通扬运河西行至泰州、扬州的，这条航线省事、便捷。1921年开通溱潼码头后，航线由南通经海安、东台，折转溱潼，经泰州、江都至扬州。新开辟东台至溱潼、泰州、江都这段航线的水道，对于当时的民营企业来说，是要有相当的魄力，而且需要付出相当的财力、物力和人力的。无锡荣氏集团在溱潼开设茂新办事处，就更不能只从字面上的这五个字去作简单理解了。相关史料记载，茂新办事处每年要从溱潼采购小麦20万担（约合1.82亿公斤）、棉花2000担（约合1820万公斤），占当时姜堰与溱潼市场总交易额的20%左右。茂新办事处除了采购任务，还有销售任务，每年在溱潼地区销售面粉10000包。此外，办事处还有吸纳社会闲散资金、储蓄和周转资金的钱庄或银行功能。资料显示，每年麦收和棉花收购时节，茂新办事处在溱潼标出的价格，是左右华东市场同类产品价格的晴雨表。溱潼的茂新办事处员工最多时有72人，根据需要，分布在管理、财务、采购、检验、储存、运输等岗位。南通张謇和无锡荣氏兄弟，都是毛泽东主席当年盛赞的民族企业家。张謇、荣宗敬、荣德生是近代中国实业家、资本家的代表，他们同时把资本扩张的触角由南通、由无锡伸向里下河深处的溱潼，是因为他们都看到了：溱潼除了资源优势以外，更有着适合资本主义良性发育的历史土壤、人文土壤和社会土壤。

我绕了这么大一个圈子，是为了突出介绍本节的主题——溱潼契约馆。

都说现代文明就是契约文明，资本主义的有序发展首先得益于契约精神的规范和约束，这样的说法是有道理的。我们现在倡导、遵循依法治国，法律和法治，在一定程度上是一种放大的契约或契约精神。

契约精神为民主法治的形成和建设，创造了良好的经济基础和社会秩序；契约精神更在资本主义发展的初期，发挥了启蒙和引领的巨大作用。你想过没有，一个小到只有 0.54 平方公里的小镇，居然有座规模不小的契约馆，陈列的 1355 份基本发生在本地的契约，从一个侧面留下了小镇从明万历八年（1580）到 1958 年穿越 378 年的人间记录，也从一个侧面回答了这样几个问题：那时的溱潼为什么经济繁荣如"小上海"？社会治理为什么"仁里可风"？张謇和荣氏兄弟为什么会在溱潼重点布局？

挑着看几份具有代表性的契约，介绍点古契约知识吧。

A. 这是一份卖田契，发生在明代万历二十四年（1596），距今已有 400 多年，卖主为陈应祖。这份卖契虽然不是馆中最早的珍藏，但从品相的完好方面来看，有其特别珍贵的价值。这是一份红契，由卖主保存。

B. 红白契。红契和白契是一套契约的完整组成，互为印证，由卖家、买家、中人（中介或担保）分别收藏。

C. 官契纸。官契纸类似于今天的法律文书专用纸，正规的契约必须要在固定格式的官契纸上填写。清代康熙、乾隆年间的官契纸，条目上刻印有汉、满两种文字，就像大家游览故宫时所看到的，所有门楼和大殿匾额上的题字，都是同时标注着汉文和满文。

官契纸由当时当地执政的官方发放，可见，这样的契约运行都是规范操作。

D. 分契或分书。"分契"和"分书"都是不规则的简略用语，应该是"分家契"或"分家书"，地方文化中忌讳分家，认为家是不能分的，倡导即使分家了，也不能分心，因此用"分契"或"分书"代替。馆藏中有一份分契的纪年是清同治八年（1869），许姓户主早故，其妻许王氏在三个儿子都已娶妻成家后主持分家。契文中有这样一些今天颇值得玩味的字句：公亲族长见证，按照"牵肥搭瘦，将高就低"的原则，财产分为"福""禄""寿"三份，三兄弟"对神拈阄，各自听命"。同时，分契还对许王氏晚年生老病死等一应事宜作了安排。三兄弟的权利和义务明明白白，既体现了尊老敬老的家庭和谐氛围，又体现了对传统道德风尚的接受和尊重。

E. 抵（卖）妻契。卖田卖房是寻常事，抵妻卖妻听说过没有？咸丰六年（1856），侯宝珍欠杨玉峰白银40两，因无力偿还，将全姓妻子押给杨玉峰，押期三年，并明确在此期间所生子女归属杨玉峰。更为荒唐的是，这份契约上还有收纳官税的印记，说明这是被当时的法规条令允许的交易。

馆存的契约五花八门，有施契（施舍）、赁契（租赁）、典契、转推契，还有议单、会单、讣闻、执照等。甚至，小和尚不守清规，参与聚众赌博，方丈宣布逐出山门，也以告示契约的形式公之于众。

南京大学卞孝萱教授、茅家琦教授查阅了这批契约后震撼不已,两位历史学家对小镇的收藏与陈列叹为观止。时任中国作家协会副主席、书记处书记的著名作家高洪波看了陈列后,即兴题词"镇古风淳溱潼道,契约文书时代情",随后向契约馆赠送了他自己收藏的五份清代契约。洪波主席就着题词的话题,留下了一段意味深长的感慨:契约的进步意义在于,互不信任的契约相关方面,通过契约关系互相取得信任,在平等、自由、守信和互动式的践约中,自觉或不自觉地增进了社会的和谐,推动了人类的进步。溱潼在 500 多年前就有了契约文明的星火,而且渐成体系,这说明,契约文明不是资本主义的创世纪发明,我们的老祖宗在发展的道路上也有火花四溅的聪明才智。从这个意义上说,封建社会也好,半殖民地半封建社会也好,资本主义社会也好,社会主义社会也好,在攸关社会发展和人类进步的问题上,有不少理念是相互融通、互鉴互补的。譬如溱潼的契约文化,可以被认为是封建社会末期发展中潜生出的资本主义萌芽,也可以说是资本主义的现代文明较早地影响了文化高地溱潼。总之,溱潼的古镇文化比较特殊,值得挖掘,值得研究,值得大做文章。

古槐·黄杨·山茶花

有一个人开始注意打溱潼的文化牌了,但小心翼翼,瞻前顾后。

1994 年,泰县撤县成立姜堰市后,虽然在高位上发展运行,但总有点徘徊不前、难再破圈的感觉。2003 年春节,新的市委书记高纪明到任,长假过后,高纪明让办公室通知溱潼镇,不惊动其他人员,由镇党委书记肖乐平陪同,看两至三个点,并请肖乐平谈谈溱潼镇近几年的发展规划问题。

真是应了那句老话，"哪壶不开提哪壶，一提春节三千苦"，这个春节是肖乐平参加工作以来最头疼、最操心的一个春节。肖乐平是由镇长转任书记的，溱潼的家底他可以闭着眼睛汇报，但当时最棘手的问题，就是溱潼镇向哪儿发展的问题。当时的溱潼镇两万多人口，一半在农村，一半在城镇，农村的那一半发展得很好，城镇的这一半遇到了麻烦。因为镇小，溱潼几乎没有规模工业，大集体企业需要实行改制，小集体企业和家庭作坊式的手工业纷纷关门倒闭，改制改革的冲击波让溱潼像巨浪中的小船一样，飘荡颠簸，人心不定。于是，上书上访的、拱火闹事的，也就是家常便饭了。肖乐平理解百姓的烦恼，是啊，旧的职业失去了，新的"饭碗"到哪里去捧？这不是人人关心的头等大事吗？新来的市委书记还未在大会上亮相，就先到溱潼调研，显然也知道溱潼的困境，想一竿子插到底，了解真实的情况。怎么办？最实在的"应付"只有和盘托出了。

肖乐平带高纪明先看了两家工厂，高纪明除了春节问候以外，一声不吭。又看了一个村庄，看到村民们还沉浸在喜气洋洋的新春气氛之中，高纪明脸上露出了笑意。三个点看完，高纪明要肖乐平谈谈发展思路。那是一个经济发展压倒一切的年代，肖乐平讲了几个意向性的项目，高纪明不置可否，问他还有什么招数。肖乐平试探着汇报，溱潼是文化古镇，还想挖掘点文化资源，转型旅游产业。高纪明立马追问，旅游要有让人感兴趣的东西可看，溱潼有什么？肖乐平说，有！譬如300多年的茶花树，1000年的槐树。高纪明感兴趣了，"在哪里？马上去看看。"

这本是一个逼出来的话题，事先未作准备，肖乐平硬着头皮引领高纪明走进了一条小巷。他们在一户门口停下后，门从里面锁着，敲门，无人应答。邻居出来了，说这家另有小门出入，主人去南方孩子家过春节了。肖乐平只好引高纪明进了邻居家的院子，趴在墙头，远远看了一回已经挂满花苞的茶花树。暮色中高纪明的眼睛亮了，他知道茶花在江北地区只有一年生的盆栽，茶花树在长江以北是不能存活的，而眼前这棵茶花树生机盎然，满树花蕾，含苞欲放，背后必有不寻常的身世。当天天色已晚，高纪明叮嘱肖乐平，一旦小院主人回溱潼，或者院门可以打开，随时给他信息，他要专门过来看看。

后来，高纪明果然应约而来。他不仅认真看了茶花树，还在专业人士的陪同下考察了镇上的唐代国槐、明代黄杨和清代木槿。据茶花树所在小院的王姓主人介绍，该树相传由王家祖上植于宋代，因院子小，植树的花台向阳蔽风，冬天北方寒流侵扰不重，再加上历代传人护理有方，花事年复一年，长盛不衰。旁逸的树杈已经几番影响院内行人的走动了，在院内房屋改建时，曾经想把茶花树扒掉以扩大利用空间，但又舍不得，特别是想到即便在 1938 年日本侵略者的飞机轰炸溱潼时，族人还是相互忍让，锯掉影响活动的枝杈，保留了茶花树的主干。那一次，日机在溱潼上空扔下了三颗炸弹，其他两颗都爆炸了，还炸死了两个人，炸塌了数十间房屋，但落在茶花树下的一颗硬是没炸，成了哑弹。所以，宋代茶花树在曲曲折折的岁月中侥幸生存了下来。

茶花树对生长条件的要求比较苛刻，一般只能在长江以南温带和亚热带地区生存，生长地区的温度最低不能低于 0 摄氏度，最高不能超过 30 摄氏度。溱潼地处长江以北 100 多里，四季温度在 －5—40 摄氏度，单株生长的盆栽茶花都讲究在室内越冬，这棵在大自然中披风沐雨、顽强存活数百年的茶花树实属罕见。根据姜堰市和泰州市主要负责同志的要求，溱

古茶花树

潼立即邀请相关权威部门和资深专家，对镇内的古树名木开展了一次全面鉴定。

2003年6月，南京林业大学、江苏省林业局、江苏省林科院等单位组成的专家组作出权威测定。溱潼古茶花树植于宋代，树龄已逾800年；株高7米，冠径5米；花多期长，每年三月开花，次第绽放，花逾万朵；地界全球最北，树处北纬32度40分，世所罕见，实为世界茶花王。

信息报送到中国花卉协会茶花分会，专家们既惊讶又兴奋，立即前来溱潼，经过严谨的考察认证，确认了江苏专家的鉴定，并给予了"六个之最"的赞美：树龄最长、地域最北、基径最粗、树干最高、树冠最大、花开最多。

在溱潼古茶花树走出"深闺"的第二年春天，云南丽江的万朵茶花和溱潼的单株万朵茶花结为"友好姐妹花"。云南丽江的万朵茶花是两株茶花树天然合抱而成，江苏溱潼的万朵茶花则是人工单株手植。两处万朵茶花，一南一北，一山一水，一天然一人工，如今结为姐妹，相映成趣。

国际茶花协会主席格里高力·戴维斯特地亲临溱潼茶花观赏节，代表国际茶花组织作出权威评价：溱潼古茶花树是国际茶花树中的一笔巨大财富，是世界茶花文化遗产，为全球人工栽培的茶花之王。

溱潼万朵茶花王还引起了台湾专家的注意。中国国民党原中央副主席、台湾茶花专家邱创焕先生闻讯来到溱潼，兴奋之余，倡议台湾阳明山红山茶与溱潼古茶花树结为"团圆树"，让两地茶花为两岸文化、旅游等领域的合作交流牵线，为促进大陆和台湾的稳定、和平、统一助力。

王家小院现在已由政府收购征用，世界茶花王已经成了古镇溱潼游的打卡地。茶花的花期很长，每年三月，满树繁花，昂首怒放。花卉学家作过比较精确的统计，小年过万朵，大年可达两万至三万朵。花开时节，树下人流如织，人面茶花，交相辉映，成为此景只合溱潼有的"独一处"。不在花期到访的游客也不用失望，电子版的世界茶花王，永远、永远鲜红透亮地等着您的到来。还有，茶花的孕育过程相似于人类的十月怀胎，花谢时节，新一年的花蕾就在枝丫间萌发生长了。茶花的一年四季，不在开花时节，就在孕育开花的过程中，不管您什么时候来，都可以欣赏到世界茶花王的风姿。

借着鉴定古茶花树的机会，有关方面对溱潼镇区的古树名木进行了一次普查。普查的结果非常喜人，几乎每棵树的背后都有着一串故事。

调查发现，溱潼人特别喜欢栽植黄杨，全镇有十几棵清代以前的黄

助兴茶花节

杨，年龄最长的一棵栽植于明代，距今 400 多年。黄杨的生长速度很慢，但坚韧挺拔，安守困境，冬不改柯，夏不换叶，被称为"木中君子"。栽植此树的人家较多的是想讨一个四季常青、品德传家的彩头。民间有俗语：家里植黄杨，世代出栋梁；家里有棵黄杨树，后代定要出状元；等等。此外，黄杨的树叶有提示火警的作用，遇有明火逼近，会发出"噼噼啪啪"的爆裂声，以提醒熟睡中的主人。

绿树禅寺内栽植于五代的槐树公公，千岁年龄已有确凿的文字记载，门前的宋代石墩、大殿内明代的五尾凤和长鳄龙石础都见证了老槐树历经的沧桑。殊不知，老槐树身边还发生了不少精彩的故事。国民党元老于右任先生与槐树公公就有一段饶有兴味的往事。于老先生就任上海交大校长的时候，已经年届 40，仍然膝下无子。夫人信佛，在征得先生的同意后，到南京栖霞山拜佛求子。哪知栖霞寺方丈一听，说求子去溱潼参拜老槐树最灵。同行南京的交大学生储泽恰好来自溱潼，马上提出带于夫人前往。于夫人参拜完溱潼的槐树公公一年以后，生下了白白胖胖的大儿子。于右任重信守诺，儿子刚刚满月，就带着全家到溱潼还愿来了。于右任莅临溱潼，地方士绅当然要尽地主之谊，储家也是地方望族，在溱潼名胜水云楼设宴招待。觥筹交错之间，大家请右任先生为水云楼留下墨宝，不想先生早有准备，命储泽摆砚磨墨、铺纸布笔，须臾，"高山来好月，青天养片云"十个草书字似从天边飘来、水上跃出一般，飞落纸上。一片叫好声中，右任先生又将随身携带的这方砚台礼赠储家纪念。储家后来发现，此砚来历非凡，背面镌字："此砚系友人朱不为从黄花岗之役失败逃归时在海上赠予者。右任题黄花岗砚"。这方砚台现在还收藏在溱潼储泽的后人家中。

多方面文化资源、旅游资源的挖掘和收集，增强了肖乐平旅游兴镇的决心。他对标的是昆山的古镇周庄，第一次去周庄取经的时候，就被他们那块金光四射的铜牌"中国历史文化名镇"吸引住了。这块招牌的含金量高啊，溱潼要转型和开辟旅游之路，这样的招牌是必须有的。肖乐平在周庄边看边想，周庄有沈厅，溱潼有院士旧居；周庄有老街民居，溱潼有石板街、响砖巷；昆山有沈万山蹄髈，溱潼有鱼饼、虾球；昆山有水、有河、有桥，溱潼不仅有水、有河、有桥，还有唐代槐树、宋代茶花、明代黄杨，还紧连着万亩面积的溱湖和湿地……总之，昆山有的，溱潼都有；昆山没有的，溱潼也有。这块金字招牌一定要想办法申报，而且，一定要尽可能早一点申报成功。

当时的姜堰市委充分肯定并全力支持溱潼镇申报中国历史文化名镇，由市委常委、宣传部部长李卫国专项负责。李卫国、肖乐平都是踏石有

古镇千年老槐

印、抓铁有痕的实干型人才，按照周庄模式、按照文化部的要求，认真准备齐了申报方案，报送到了文化部相关司局。材料报送的时间是2004年下半年，还在大家等待文化部审查验收的时候，2005年5月，意外得到了申报批准并出席会议领牌的通知。文化部的会议上，规划司的领导说，溱潼镇的材料太扎实太丰富了，无需考察验收，第一批就应该申报了。

大家可别以为中国历史文化名镇是个容易申请的品牌。2003年评出的第一批，全国只有10家上榜，江苏入选的是昆山市周庄镇、苏州市吴江区同里镇、苏州市吴中区角直镇。2005年评出的第二批，全国共有34家，江苏有太仓市沙溪镇、吴中市木渎镇、姜堰市溱潼镇、泰兴市黄桥镇，闻名中外的浙江湖州市南浔区南浔镇也在同批名单之中。回忆起中国历史文化名镇的申报往事，肖乐平还讲了件趣事。溱潼在申报中国历史文化名镇前，不知道有这个序列的申报项目，省级历史文化名镇还没有申报，更谈不上被批准命名了。所以，材料送到省里相关部门推荐申报时，经办人犯难了，这不是"破格提拔"吗？李卫国、肖乐平据理力争，在实事求是的前提下，"破格提拔"有何不可呢？高中未读不是照样可以参加高考吗？报考研究生的条件中，除规定本科学历外，也准许"相当学历与水平"者报考。经办人想想也有道理，笑笑，盖章放行了。

所以，也就出现了一个"破格录取"的中国历史文化名镇。

第六章

湿地温泉的"泉"

一眼媲美依云的湿地温泉

古镇溱潼被"破格"关注的事还有不少，譬如，一直"藏在深闺"，水质可与法国依云矿泉媲美，甚至超过依云的湿地温泉。湿地温泉的"被关注"和"被发现"，有着当代神话般的传奇色彩。

1997年10月，当时的国家主席江泽民访问美国，江主席带去了家乡的工艺瑰宝扬州漆器，作为国礼赠送给了时任美国总统克林顿。1998年6月，克林顿访华，出于尊重和礼节，也带了一件与江泽民主席家乡有关的国礼——一卷美国卫星遥感测绘的地图。地图上标明，在姜堰溱湖湖滩上的芦苇丛中，地下1000米，有一眼湿地温泉。温泉地下温度50摄氏度左右，富含多种稀有矿物质，饮用和药用价值极高，可以媲美法国埃维昂小镇的依云矿泉。

我"以小人之心度君子之腹"，克林顿的回赠明显带了点傲慢和显摆：你堂堂中国的国礼只能卖弄点手工艺，我美利坚合众国玩的可是高科技，地上的知道，天空的知道，地下千米的事，我也了如指掌。克林顿不知道的是，1996年江苏省行政区划调整，溱湖所在的姜堰，已从江主席家乡的扬州市，划归到泰州市的辖下。所以，有关部门在处理这卷图纸的时候，将它转由中国科学院图书馆收藏。事有凑巧，2001年，中国科学院地理科学

湿地温泉：晓烟犹透轻纱露

与资源研究所副所长霍明远研究员，挂职到泰州市担任副市长。临行前，霍明远在图书馆查找相关资料的时候，发现了这卷一直无人问津的图纸。已经被任命了的霍副市长，带着一卷复印的图纸，到泰州上任来了。

2002年10月，被命名为"溱湖地热1号井"的溱湖湿地温泉，按图纸上标示的经纬度正式开钻。那时的钻探技术远不如现在先进，承担任务的江苏煤炭地质勘探三队，经过三个月的日夜钻探，不偏不倚，不深不浅，钻头到达1000米的时候，地热泉水涌出来了，出水量为每小时30立方米。经测定，泉水在地下1000米的时候，温度为51摄氏度；送达地面的时候，温度为42摄氏度，正是人们沐浴的理想温度。经国家地质实验测试中心、南京综合岩矿测试中心先后六次抽样检测，泉水水质达到国家优质矿泉水和理疗温泉的标准，其中偏硅酸每升45.7毫克，锶每升2.05

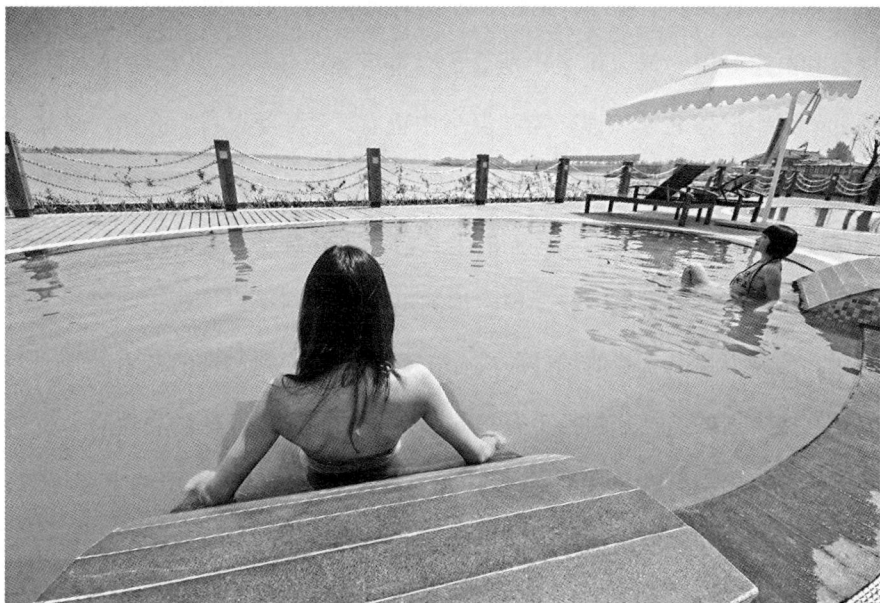

云海温泉

毫克，锂每升 0.30 毫克，矿化度每升为 1300—1700 毫克，其他有益元素达 30 多种。这些检测和化验结果表明，溙湖地热 1 号井井水是优质矿泉水，不仅可以进入全国现有优质矿泉水前 10%，而且，在加工提纯之后，品质完全可以跨入前十名的前列。此外，溙湖地热 1 号井井水，还是理想的温泉理疗水，对心血管、肠胃和皮肤有较好的理疗效果。

物理检测和化学检测的数据表明，溙湖湿地温泉完全可以与法国依云温泉媲美。依云温泉位于法国阿尔卑斯山下的埃维昂小镇。依云是埃维昂（Evian）的中译，实际上，依云就是埃维昂，一个只有 7000 多人的小镇，背靠阿尔卑斯山，面向日内瓦湖，湖对面是瑞士的洛桑，镇背后蓝天下的山头常年缭绕着象征吉祥的朵朵白云，依云的镇名由此而来。依云又是座水城。源于阿尔卑斯山的温泉，水质清明洁净，富含钙、镁、锌、锡等元素，因此，对皮肤、泌尿、消化、神经系统以及心脏、血管等均有一定的保健和医疗效用。依云矿泉中所含的这些元素，溱湖温泉中都有，而且，依云矿泉中没有的锶和锂，溱湖温泉中也有。"百度百科"介绍，矿泉水中的微量元素锶，对骨骼和牙齿的保健，对神经系统健康的维护，对人体酸碱度平衡的维护，对抑制肿瘤的生长，都有着意想不到的益处。微量元素锂，有助于调节中枢神经、预防认知退化、抑制炎症扩散、促进心血管健康。溱湖温泉高含量的偏硅酸成分，更是包含了锶和锂的双重效用，对人体有多方面的益处，包括美容护肤、促进骨骼健康、保护心血管、促进新陈代谢等。偏硅酸是皮肤结缔组织、关节软骨结缔组织中的重要元素，适当补充可以增加皮肤弹性，使皮肤保持细嫩和光泽，具有抗衰老和减少皱纹的作用。

所以，美国卫星遥感测绘的结论认为溱湖温泉可以媲美依云温泉，是有足够的科学依据的。甚至可以这样说，依云温泉有的，溱湖温泉有。依云温泉没有的，溱湖温泉也有。某种程度上推论，溱湖温泉比依云温泉更具商业开发潜质。

只是，2003年1月20日，溱湖温泉出水的时候，因为双重缘故，既不能敲锣打鼓，也不能鸣炮庆贺。活动受到双重影响：一是非典压境，所有聚集性娱乐活动都得停止。二是溱湖干湖清淤，溱湖地热1号井所处的溱湖西南湖滩，除了摇曳的芦苇，就是干涸的湖底。根据温泉管理知识，地下水一旦钻探成功，就必须保持一定间隔的出水频次。当时的风景区管委会一穷二白，湿地公园尚在规划草创时期，温泉开发很难提上议事日程。他们只好临时在井口旁边建起了一座小木屋，浇筑了一座蓄水池，定期抽水，确保温泉泉水的正常流动。小木屋内有一个圆形大木桶、一套简易的汗蒸设备，虽然简陋，但可以同时容纳 3—5 人洗一把非常原生态的温泉浴。我趁乡情之便，曾洗过一两次这样的温泉"桑拿"，那满屋的硫磺香气和出浴后皮肤的滑爽，远甚于我在日本和歌山体验温泉浴后的感受。

或许正是因为溱湖高品质温泉的吸引，在一位杰出乡贤的牵引下，华侨城集团有限公司把投资开发的目光投向了这里。

华侨城集团有限公司成立于 1985 年 11 月，总部位于深圳，是隶属于国务院国资委管理的大型国有中央企业，是首批国家级文化产业示范园区（基地）、全国文化企业 30 强、中国旅游集团 20 强。在创新、协调、绿色、开放、共享的新发展理念的指导下，华侨城集团提倡"文化＋旅游＋城镇化"的创新发展模式，溱湖温泉小镇可不可以作为这一发展模式的试点，与溱湖湿地公园的建设同步进行呢？这样，既能缓解溱湖湿地公园开

水上漂流

发的压力，又能在业态上丰富湿地公园的内涵。关键要看华侨城集团肯不肯眼睛向下，把目光投向一个地级市，打造一座湿地特色小镇了。

由于资源特殊，双方的合作也诚意满满，经过愉快、友好，但也不乏艰难和复杂的谈判，华侨城集团终于在 2006 年 11 月注册成立了泰州华侨城投资发展有限公司，目标是湿地旅游综合开发。

花开并蒂，各表一枝。溱湖国家湿地公园的创建我们在后面的章节中再作介绍，泰州华侨城参与开发溱湖的一期项目从温泉水疗起步了。大约是考虑到温泉的综合利用是项投入较大也比较复杂的工程，温泉水疗相对而言，投资经济，见效也快，占地 4 万平方米的云海温泉很快对外开放了。

云海温泉又称"三元温泉"，"三元"是指一般温泉中没有的微量元素锶、锂、偏硅酸。云海温泉依湖而建，湖泉相邻。除了 50 多个特色室外

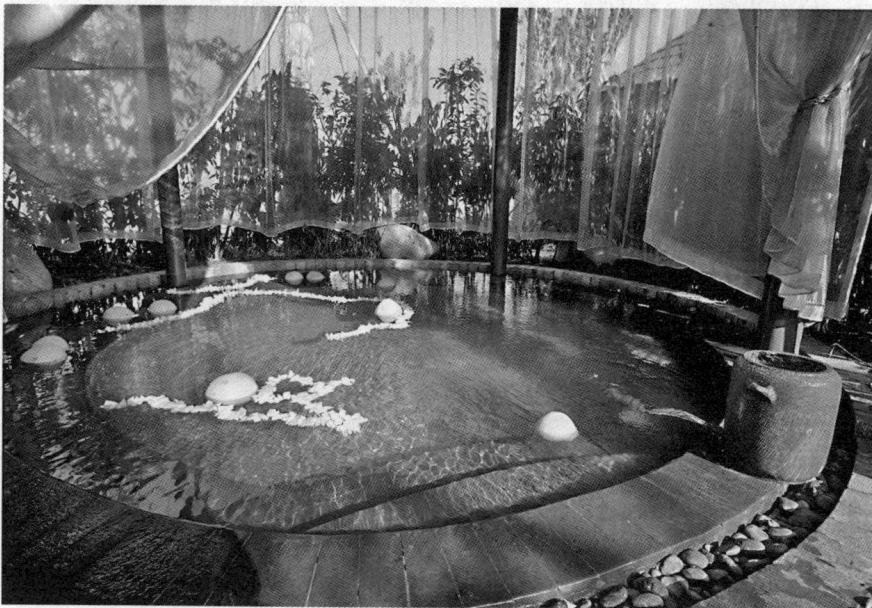

三元养生汤

温泉泡池散布在花丛和草地，云海温泉更有漂流河、冲浪谷、游泳池等动感水上游乐和水上运动项目。秋冬时节，浴客置身其中，远处湖雾缥缈，身边热气升腾，脚下芦花共湖水一色，头顶白鹭与灰鹤翻飞，假如再遇上雪花飘飘的暮色黄昏，假如池边音响里放一段雷佳的女高音《芦花》，那绝对是一种此景只合溱湖有的 4D 白色浪漫。

因此，云海温泉又被业界称为"中国湿地第一温泉"。

一座中国十佳金牌高尔夫球场

华侨城的创新发展模式是"文化＋旅游＋城镇化"，在挖掘地方文化的基础上，做旅游文章，打造现代化的新型特色城镇。温泉文化是泰州华侨城在溱湖开发的"开门红"，与温泉同时开发的还有利用湖滩荒地改造而成的云海体育公园。云海体育公园占地 2.4 万平方米，主体部分原来是河沟弃地和湖滨荒滩，几经论证，建成了华东地区仅有的湿地高尔夫球场。按照高尔夫球场的建造要求，18 洞规模的场地为标准的锦标赛场地，9 洞为半幅场地，2.4 万平方米的规模，可以建成 27 洞的 3 个半幅场地。但是，云海高尔夫球场在本可以建成 27 洞球场的情况下，突出河湖港汊和垛田丘岭的优势，建成了独具特色的 18 洞水上高尔夫球场。18 洞的水上高尔夫标准赛场除了绵延相连的小河小沟之外，还有相对雍容诱人的果岭优势。果岭，高尔夫球进洞的最后一方场地，有点像篮球场上的三分线或罚球圈。果岭的大小和坡度的设计，对运动员推杆进洞的选择和质量有着很大的影响。云海体育公园高尔夫球场因为场地面积比较富裕，沙坑、水塘、果岭的用地也就比较宽松，相较于其他球场而言，果岭的面积大

挥杆击球笑语中

了，果岭草坪的平面设计、坡线设计和维护，也就更加容易提档升级，取得意想不到的效果。所谓世界上有成千上万座高尔夫球场，但是找不到两个相同的高尔夫球洞，就是这个道理。

"特色球场可以吸引特别选手！"云海体育公园高尔夫球场运营部副总监许文刚告诉我，湿地高尔夫球场的湿地特色和果岭特色，吸引了华东地区，乃至国内的不少大咖选手。上海、苏州、杭州、温州等地都有高尔夫球场，但因光顾的人群集中，有时难以尽兴。而像无锡，因为起步较晚，居然没有合格的比赛场地。于是，外资工厂和外商比较集中的盐城、常州、无锡等地，不少高端客户都把休闲时光投向了云海体育公园。而作为一种连锁反应，泰州和姜堰地区的工业发展项目合作，有时候竟然在高尔夫球场上牵手成功。譬如，韩国在盐城有成规模的汽车和化工产业链，因为有高尔夫为媒，延伸和配套企业开始落地泰州的兴化和姜堰地区了。譬如，苏南某地在这里举办高尔夫邀请赛，旨在吸引外地商界领袖投资苏南，可是请来的客商却对泰州、对姜堰、对溱潼产生了浓厚的兴趣。

许文刚是吉林长白山人，爱好体育运动。2010年，24岁的他从学校毕业后，经同学介绍，走上了高尔夫球场的服务岗位。因为爱好，所以钻研。他在经过了济南、上海、温州等地几处球场的历练后，落脚到了云海体育公园。从大城市来到远离城镇的溱湖湿地，对充满青春活力的许文刚来说，刚开始的日子是有点难熬的，特别是到了晚上，除了湖风、涛声、虫鸣、鸟叫，就是鸟叫、虫鸣、涛声、湖风。他几番生出离别之意，又几番在球场上与本土企业家的接触中，打消了离别的念头。许文刚说，高尔夫球场上最活跃的是企业家群体，本土企业家身上一般都洋溢着浓厚的本土文化气息。山东人的大大咧咧中透着骄纵专横，浙江人的聪明热情中藏着狡黠算计，上海人的温文尔雅中有着冷漠矜持。泰州的企业家有点不一样，踏实稳健，闷声发财，待人接物大多有着一股子真诚，给点小费，也考虑到对方的面子，不像有的老板摆谱式的"大方"。许文刚认为，高尔夫球场上的企业家能真正反映和代表企业文化与地方文化，因为，生命力不旺盛的企业，老板有兴趣挥杆球场吗？

我问许文刚，那你现在不走了？许文刚笑着说，"现在是走不了了"。原来，东北小伙已经和泰州姑娘恋爱、结婚、成家、生子，扎根此处了。我取笑他，是不是也因为受了地方文化的影响？想不到许文刚一本正经地回答："是的，除了爱情的魔力，当然还有地方文化的吸引。"许文刚还说，高尔夫球场上"迭代"了新一代年轻企业家，同时赓续了老一辈企业家务实真诚的品格，让人感受到泰州发展的底蕴、活力和美好。讲完这些，许文刚带点自嘲地笑笑说，不好意思，在文化人面前卖弄高尔夫文化了。

　　"高尔夫文化"这个词，我最初是从欧阳章勇那儿听到的。欧阳是华侨城文旅运营总监，他说，高尔夫文化的确是种有着自身特点的体育文化。他还介绍我认识了球童张明凤，在与小张的交往中，我再一次强烈地感受到了高尔夫的独特魅力。张明凤说，2014年，她从一个与体育毫不相干的专业毕业后在家待业，闺蜜介绍她参加高尔夫球场的球童培训，闺蜜特地补充，球童不仅仅是捡球，你去上几天就会丢不开。张明凤想反正在家闲得发慌，稀里糊涂参加了培训。没有想到，高尔夫就这样为她打开了人生的另外一个精彩世界。什么T台发球、旋转击球，什么木杆、铁杆，什么推杆、挥杆，什么逆风打法、坡度进洞，什么小鸟球、老鹰球，还有目测距离、阅读果岭……我问张明凤，什么叫阅读果岭？张明凤说，阅读有品读、认识的意思。不是说世界上没有两个相同的高尔夫球洞嘛，同样，世界上也很少有两个相同的果岭。果岭的面积不同、坡度不同，草皮的厚薄不同、丝滑度不同，都对高尔夫球的推杆进洞有着直接的影响。在果岭上推球进洞如同足球场上的临门一脚，因此，球童用既专业又简洁、客户还听得懂的语言介绍果岭，就显得越发重要了。当然，张明凤也碰到过这样的客人：某邻国的企业家，性格中多见刚愎自用的一面，明明是不肯接受球童的推杆建议，未能一杆"打帕"（进洞），却责怪球童介绍不到位，甚至小气到拒付或克扣小费。所以，高尔夫文化就有点像魔方了，你怎么玩都不能穷尽它翻转的最大化，因此，球童的追求也就没有止境了。

　　张明凤是溱潼本地姑娘，她说，高尔夫开启了她新的人生。她说，她可能不是同学、同龄人中生活得最好的，但肯定是挺好的一个。她的工作很辛苦，一场球打下来要跟着跑四个小时左右，一天计步总数在两万至三万步之间，有日晒雨淋，有严寒酷暑，但她感到工作得踏实、稳定。一般而言，她的收入每月在 15000 元左右，旺季更高一点。球场像她这样的球童，淡季有 63 名，旺季有 100 多名。华侨城还有 300 多名驻地湖南村的用工，多的时候，村里有 1000 多人在这里上班。这对一个 5000 多人的村庄来说，几乎遍及家家户户了。所以，当华侨城的总经理陪着区委、区政府的领导到村里检查工作时，村民们总是把第一杯水、第一个水果送给他。区领导们看到这一幕也很高兴，这说明华侨城和溱湖风景区共同开创新局面的基础已经形成、已经非常扎实，新的辉煌等待着双方更紧密地携手创造。

一座指日可待的国际颐养小镇

2017 年 11 月 18 日，首届国际医养健康文旅产业发展大会在泰州华侨城国际颐养小镇召开，这次盛会是由姜堰区人民政府和中国老年保健医学研究会联合主办的。

大会聚焦医养健康文旅产业的发展，深入剖析大健康主题下特色小镇的规划和运营，探讨健康文旅与区域产业的融合共享。华侨城在"文化＋旅游＋城镇化"总战略方针的指引下，制定了泰州华侨城国际颐养小镇的中国式经营健康保健计划，既让泰州华侨城从全国各地华侨城的特色城镇建设中走出一条新路，也紧紧依托泰州和姜堰医药事业的发展为地方的大健康产业助力。泰州华侨城总经理林伯铮对此有着自己的认识。他说，泰州市委、市政府提出要将康养旅游打造成泰州旅游新名片，把泰州建设成长江经济带上集药、医、养、游于一体的大健康旅游集聚示范城市，建设成为长三角旅游休闲度假胜地和国内一流的旅游目的地，这些目标的提出和实施，给泰州华侨城国际颐养小镇和姜堰区康养名城的建设提供了极大

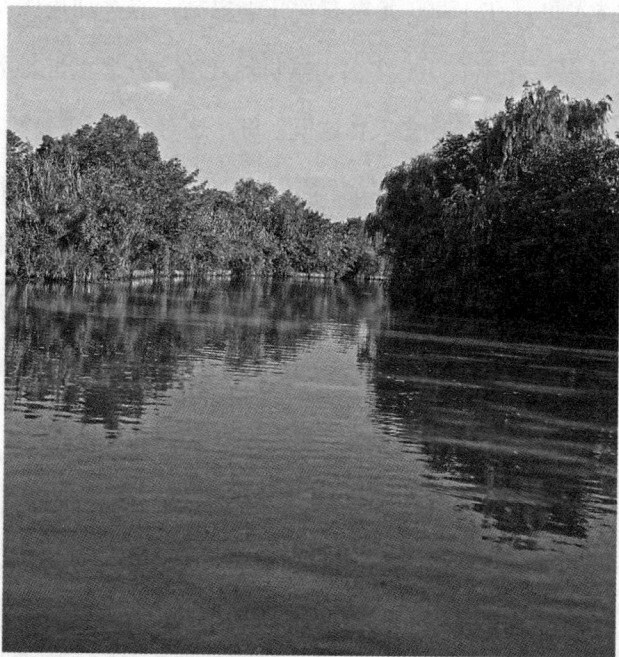

夏日溱湖

的发展与延伸空间。仅就康养产业而言，我们能做和可做的事情就有很多、很多。人口老龄化之后，不管是官员、老板，还是平民百姓，康养器材都是必需的。老人起床、翻身、走路等，需要功能床、轮椅、拐杖等，需要耗材、制造、物流……林伯铮说，他们家有三个老人，全国有三亿老人，每个老人的养老器材按几千元计算，三亿老人的消费是个什么数字？况且，溱潼地区还有得天独厚、人见人爱的生态康养资源，这样的结合，经济上的数字收益是会成倍增加的。

　　泰州华侨城副总经理翟颖补充说，林总有句口头禅，国企是共和国的长子，是长子，就得负起长子的责任。华侨城理应为溱潼、为姜堰、为泰州作出长子般的贡献。谈到贡献，林伯铮有一肚子数字。他说，旅游是桩创造财富的事业，花 1 分钱，可以创造或收益 7 分钱，这是旅游定律。2023 年全省旅游收入 5000 多亿元，南京创收 3700 多亿元，泰州只有 378 亿元，是南京的十分之一。泰州落后了，落后于全省平均水平，与南京比差距更大。但是，差距也说明了潜力，差距大，发展的潜力就大。溱潼是中国历史文化名镇，有着深厚的历史文化和传统文化，如果再补上多彩多姿的当代文化，岂不是锦上添花，更上层楼。

第七章

人杰地灵的"杰"

史上星光闪烁

历史文化名镇，必有历史文化名人。

溱潼人自古以来崇文重教，诗书传家，历史上星光闪烁，英才辈出。明清以来，有文字记载的进士、举人、秀才超过100人。

小镇进士第一人当数明代储巏。储巏生于明代天顺元年（1457），字静夫，号柴墟。他五岁读书过目成诵，九岁能写诗作文，十六岁就考中了秀才。时任主考官监察御史娄谦预言，"此生了得，他日必魁天下"。

明朝自洪武三年（1370）开始科举，考试分为四级：院试、乡试、会试、殿试。县州级考试叫"院试"，每年一次，考试者统称为"童生"，童生可不都是小孩子，也有四五十岁"屡败屡考"的"老脸色"。院试合格的人为秀才，古代学子寒窗苦读，考秀才并不是一件容易的事情，即使中了秀才，也不一定能参加下一步的乡试（省级考试），因为秀才按"分数线"分为六等，只有排在前面的一等、二等秀才，才有资格参加乡试。乡试每三年举行一次，在乡试中过关者称为"举人"。成化十九年（1483），储巏在乡试中考得第一，成为解元。次年参加会试，也就是国家级考试，朝廷在各省举人中挑选了300人参加，储巏又得了第一，成为会元。再两个月之后，储巏参加殿试，获二甲第一，赐进士出身，时称"金殿传胪"，走到人生科举考试的顶点。在泰州的历史上，乡试、会试两场考试第一，又殿试二甲第一者，储巏一人也。弘治七年（1494），储巏调任北京吏部考功清吏司郎中，后任南京吏部左侍郎，官至三品。

吏部相当于今天的中央组织部，左侍郎则是相当于常务副部长的岗位。在吏部左侍郎这个位置上，储巏清正廉明，刚正不阿，勤政爱民，节俭律己，表现出多方面的才干和优秀品质。储巏在职20余载，以清廉自持，赢得了良好的口碑。在考核官吏时，储巏坚持任人唯贤，不遗余力地推荐和选拔人才，对贪官毫不留情，对不称职的下属也绝不手软，即便面对达官显宦说情也不为所动。储巏在面对不公正的事情时，敢于直言进谏，为被冤枉的官员伸张正义。他勤政爱民，一心为百姓做好事、做实事，是百姓心目中的好官和清官。储巏在生活中注意自我约束，处处严格要求自己，这在封建时代的官员阶层中是非常少见的，以至于我们今天的不少廉政网站上，还挂着《一代廉吏储巏》的网页。

家乡小镇流传着不少储巏年少时的聪慧轶事。储巏长得可爱，有一次父亲带他出门，让他骑到背上，邻居笑话，"父当马骑"，储巏不恼，随口笑答"望子成龙"，赢来路人一片喝彩。储巏为官后回到家乡，喜欢到少年时读书学习的水云楼会友赏景。水云楼地处镇南河滨，大河的前方连着喜鹊湖，极目远眺，湖对岸的湖南庄、湖西侧的湖西庄以及楼下近在咫尺的湖北庄（又称"湖北口"），远近错落，宛如一纸巨幅山水。此情此景，引得储巏诗情大发，口占上联：

　　　　一眼望三湖，湖南湖西湖北口。

不知什么原因，那一次聚会未能留下下联，此联也就成了绝对。后人虽然也偶有佳作唱和，但终归缺了点豹尾般的意韵，难有尽兴的享受。譬如，孤舟荡双桨，桨起桨落桨高低。又如，孤帆下九江，江左江右江东道。再如，两脚进武汉，汉口汉水汉阳门。

明代建成的水云楼，在古镇溱潼的地位，有点像南京的夫子庙、乌衣巷。作为标志性建筑，水云楼和古寿圣寺建筑群融为一体；作为文人雅集的"会所"，明代、清代、民国时期，这里经常群贤毕至，少长咸集。史料记载，当年楼前额书"水云楼"三个大字，即为功成名就时的吏部左侍郎储罐所写。门顶上高悬的金匾"水流云在"，为清朝光绪年间的东台书家袁卣存所题。正厅内还陈列着光绪皇帝赐给乡人先贤李凤章的万岁龙牌。楼上东西两侧书房，存放有大量古籍经典。蒋春霖（字鹿潭，1818—1868），清代三大词人之一，"二百年间，分鼎三足"，他留下的词作，集名就是《水云楼词》，有"诗史"之称。

有一首名为《溱潼水云楼》的诗云：

寿圣楼高枕水隈，

柴墟会此读书来。

元灯谁续琉璃古，

凭眺犹能照客怀。

诗作者是清朝韩子野，诗中的"柴墟"是储罐的号。

清代乾隆四十六年（1781）溱潼本地进士孙乔年，也与水云楼多有交集。孙乔年有一《溱湖八景》的组诗，其中的《南楼读书》，写的就是水云楼。溱湖八景的其他七景分别是：东观归渔，西湖返照，北村莲社，绿院垂槐，石桥明月，禅房修竹，花影清皋。《溱湖八景》原诗已经失传，但八景中的景点，有的已经修复，有的依稀可辨旧址或旧迹。明代所建的水云楼已不复存在，现在所见到的水云楼，是 2006 年在原址上重建的。

著名书法家、书法理论家、诗人高二适，是民国时期起光耀小镇的文化新星。高二适 1903 年生于镇北的小甸址村，原名锡璜，号舒凫、麻铁道人、高亭主人等。他出身官宦世家，书香门第，其祖辈高伯星曾为水部都司，其叔高仕坊是光绪三年（1877）的进士，父亲高也东为本乡塾师、国民立达小学创始人。

高二适 4 岁入塾启蒙，后就读东台小学，14 岁以全县第一名的成绩毕业，考入扬州中学，18 岁开始到父亲创办的立达小学当教师，次年任学校校长。他 25 岁考入上海正风文学院，27 岁考上北平研究院国学研究生，29 岁因病回乡，继续担任立达小学校长，同时兼做通讯研究生（相当于今天的在职研究生），开始走上了书法和书法理论的研修实践道路。1935 年，他经民国元老陈树人推荐，赴南京担任国民政府侨务委员会办事员，后任立法院秘书，此间，与章士钊、于右任、胡汉民等社会名流结识，在书艺、诗艺的交流中登高望远，更上层楼，尤其是在随国民政府西迁重庆的时候，与章士钊过从甚密，结成志趣相投的忘年交。抗战胜利返回南京后，高二适继续在立法院担任文秘工作，并兼任朝阳文学院和建国法商学院教授。新中国成立后，1949 年 10 月，他先后任教于南京工专上海分校、华东交通专科学校、华东水利学院，1958 年因病退职，1962 年进入江苏省文史馆工作。

高二适先生一生治学勤奋，学养深厚，兼具学者、诗人、书法大家之盛名。他的学术研究成果卓著，对杜甫、刘禹锡、柳宗元和宋代江西诗派等的研究，多有填补空白、匡正讹误之处。其诗作"兴托高远，感情丰富"，于高古中寓慷慨之气。其书法更是出神入化，超越古今。章士钊、林散之、刘海粟、陆俨少、赖少其、冯其庸等当代书画大家，均予以极高的评价。

高二适先生最为世人所推重、为世人所景仰的，不仅是其书法诗词修养，更是他高洁的文化人品与坦荡的学术风骨。1965 年 5 月，著名历史学家、考古学家郭沫若发表《由王谢墓志的出土论到〈兰亭序〉的真伪》一文，对传世名帖《兰亭序》的真伪作出否定的论断。此文一出，学界震动，有人赞同，有人质疑。高二适以一篇《〈兰亭序〉真伪驳议》，对郭沫若的观点进行反驳。在当时的历史背景下，郭沫若位高权重，高二适人微言轻，这样的文章是难以发表的。章士钊将高文举荐到毛泽东那里，毛泽东阅后赞同高文，并作了一段长长的批示。毛泽东力倡"笔墨官司有比无好"，赞成将高文公之于世，随后，一场惊动全国学术界的大规模论辩就此展开。冯其庸先生在《怀念高二适先生》一文中评价这场"兰亭论辩"时说："在学术界、文化界的影响和意义是非常深远的"，因为它"不仅仅是一件书迹的真伪问题，更重要的是我们要造就一种什么样的学风和文风，我们能不能树立一种唯真理是从的良好风气"。

1977 年春天，高二适先生病逝于南京。南京浦口求雨山上，建有高二适、林散之、胡小石、萧娴"金陵四老"纪念馆。姜堰镇南古渡口，建有高二适纪念馆。溱潼镇上，高二适故居已融入古镇 AAAA 级景区，对外开放。

民间卧虎藏龙

崇文重教，笃学前行，不仅仅是小镇上"明星"家族的家风，千百年来，这八个字几乎是这一方土地上代代相传的村风、乡风、镇风。

古镇遗韵

2020年8月30日，百岁老人田泽民在镇上举办生日宴。本来老人的生日是9月1日，考虑到孙辈、曾孙辈后代中不少人要去外地上学，家人特地将百岁宴提前了两天举办。田泽民老人这一辈兄妹四人，田泽民是唯一的男丁，他的舅舅是当年的私塾先生，受舅舅的影响和教育，泽民老人新中国成立前也在村里的私塾任教，新中国成立后至退休前一直是湖北小学的老师。从事了一辈子小学教育的田泽民老师，出色地完成了教师传道、授业、解惑的光荣任务，在田氏家族中，他以舅舅的威严和才华，为新中国的知识分子队伍，带出了一支"田家小分队"。田泽民百岁生日宴上，第一组上前行大礼的是四名当年录取的新科大学生：曾孙田典哲，被清华大学录取；曾孙女田澄、曾外孙女宋雨健，被复旦大学录取；曾外孙许淼，被武汉的一所大学录取。四个孩子齐声诵拜："祝太爷爷生日快乐、身体健康!"太爷爷端起小酒杯一饮而尽,双眼闪烁着幸福的泪光。

那一天,田老师 66 岁的外甥周华山负责接待新闻媒体的记者。周华山是 1977 年恢复高考后的首届大学生,他向大家介绍,舅舅的教育和引导较多时候是无声的,潜移默化,不怒自威。他每年给各家写春联时,都有一副"诗书传家久,耕读继世长"的房门对联,而且叮嘱各家要贴在房间的门上,早晚进出,都能读到。周华山读小学时正处在"文化大革命"后期,无知识可学的时候就迷恋上逮鸟、捉鱼,妈妈把他带到舅舅那儿,往舅舅面前一站,周华山就愧疚得低下了头来,从此再也没有发生过厌学、弃学的事情。田氏家族的大学生已经超过 50 人了,北京大学、清华大学、复旦大学、南京大学、东南大学、吉林大学等国内名校,都有田家后代,田氏知识分子队伍中,博士、硕士、学士都有。有记者问周华山,他是不是田氏家族走出去的第一个大学生?周华山说,不是,在舅舅影响下走出去的第一个大学生是姨妈家的王锡武,1962 年考上清华大学,无线电专业。王锡武的父母当年在湖西庄以做砖做瓦为生,家庭境况可想而知。因为家贫,承担不起住校寄读的费用,中学六年,他有五年走读溧潼中学。从湖西庄到溧潼中学,往返五公里左右,无论盛夏严冬、刮风下雨,他每天都要在乡间的小路上步行两个小时。高三那年,当时的溧潼中学党委书记、校长陈万庆知道了这个情况,对校后勤组和班主任讲,不管有什么困难,都要解决王锡武高三学年的住校寄读问题。陈校长熟悉王锡武是在他读初二的时候,因为家贫,王锡武辍学,在家帮助父母亲做砖头,陈校长登门家访,处理了他的学杂费减免事宜。临近高考的 5 月,王锡武体检时被发现肺部有阴影,那时检查手段、医疗水平都很落后,"肺部阴影"意味着不符合报考高校的身体条件。陈校长亲自找医生征询良策，医生说，离高考还有两个月，建议增强营养试试。回校之后，王锡武吃了一个多月的"小灶"。复查临行前陈校长赶来，拿着办公室开出的"复查介绍信"说，不行，重开介绍信，得写"检查介绍信"，复查和检查的意义不一样，不要节外生枝。王锡武以后多次回忆，从医院 X 光检查室出来的那一刻，感觉到大地和太阳从来没有过这样的美丽和明亮。肺部阴影消失了，王锡武一身轻松，带着母校的浓浓关爱，像当年流行的俯卧式跳高一样，一个"虎跃"，蹦进了清华大学校园。

历史资料披露，1962 年，因为国民经济困难，国家将当年的高校招生计划，由原定的 20 万人减为 9.7 万人。而溱潼中学高中班 1958 年才开始招生，1962 年是第二届高三毕业班毕业，这个班 60 人参加高考，考取各类名校 33 人，王锡武是溱潼中学考进清华的第一人。

周华山先后在溱潼地区的两所中学担任过校长，退休前的岗位是溱潼中学党总支书记，所以，回忆起前辈校长的业绩，别有一番深情。陈万庆校长对于从溱潼中学走出去的学子来说，是种"神一样"的存在。20 世纪 60 年代初，他为了把溱潼中学创办成省级完中，退回了当时泰县县委关于调任他为县文教局局长的任命。在大雪封路的日子里，他还为薄衣单衫的贫困同学谱写过"租赁"棉袄的暖人小夜曲。

说起"租赁"棉袄的温暖，溱潼中学 1966 届高中毕业生高泰东深有感触。高泰东是"租赁"棉袄的受益者之一，我是在他怀念陈万庆校长的祭文中读到这一感人情节的。高泰东所在的溱潼中学 1966 届高中毕业班，也是有着传奇故事的一个班。他们是在秣马厉兵、准备决战高考的前夕，被通知取消当年的高考，停课参加"文化大革命"的。受当时国民经济低水平徘徊的影响，溱潼中学虽然面向里下河地区 18 个乡镇招生，但高中只能招收一个班，所以，这一届 52 名毕业生个个都十分优秀，每个人心中都已锚定了自己的理想高校，只等青云，指日可飞。可惜，一纸"通知"，让他们回到了农村和街道，到了社会的最底层摸爬滚打。斗转星移，应了那句老话，"是金子，总是会发光的"。1977 年恢复高考的时候，这个班级又复活了，重新集结。离开教室 11 年后，健在的同学相约集体参加高考。那时高考条条框框多，公办教师不能报名，年过 35 岁不能报名，身体稍微不合格的不能录取。一番筛选下来，符合条件的 18 人参加高考，1977 级、1978 级是一年之内连着两次进行高考的，两轮考试下来，18 人全部录取，录取率 100%。

100% 的录取率让这帮"老青年"雄风再起，100% 的录取率也让这帮"老青年"雄心不已，52 人中健在的 44 人，毕业 30 年聚会，毕业 42 年聚会，毕业 50 年又一次聚会。毕业 50 年聚会的时候，大家都想到同一个话题：毕业 60 周年时，还能 44 人一道聚会吗？于是，想到要给后代留点什么？给逝去同学的家人留点什么？有人提议出版影集，但又感到单薄。有人提议出版纪念文集，但 52 人中只剩 44 人，而且，还有躺在病床上的，还有已经无法语言交流的。困难面前，高泰东站了出来，说："健在同学的文章，一个也不能少；去世同学的介绍，一个也不能少。"无法完成或已经离世的，高泰东负责采写和组织回忆文章，总之，52 个同学的音容笑貌，一定要以文字和图片的形式，反映到纪念文集中。于是，高泰东"校长兼校工，上课代打钟"，又是联络、又是采访，又要写作、又要编辑，硬是赶在恢复高考 30 年的 2017 年，拿出了一本沉甸甸的纪实文学书稿《1966 年我们读高三》。高泰东邀请同为 1966 年毕业于苏州高级中学、1977 年恢复高考考取南京大学、后来成为新中国成立后第一名文学博士的莫砺峰教授作序。莫老师也是性情中人，听到 1966 年和 1977 年两个关键词，就像被电击了一样，欣然应允。他后来在序言中说："全书的关键是两个事件，即 1966 年的高中毕业和 1977 年的高考，所以书名是《1966 年我们读高三》，全书最引人入胜的内容都与高考的废除和恢复有关，于是我把这篇序言定题为《从 66 届高中到 77 级本科》。"因为，"它不但真实记录了 52 位共和国同龄人的悲欢离合，而且为中国高中 1966 届留下了一个完整班级的群体样本"。

高泰东是位复合型人才，或者说是这个杰出群体中的全能选手。高三毕业后的 11 年中，他种地、挑河，甚至在青藏公路打过工，流过汗、流过泪、流过血。他 1977 年考取南京农学院后，学生时代就在科研方面崭露头角，毕业后很快成为里下河地区不可多得的农学专家，多次在农业部的讲台上登坛"布道"，被评为"江苏省有突出贡献的中青年专家"，入选江苏省"333 工程"培养对象，享受国务院政府特殊津贴。而且，他在文学创作、花木论道、佛学研究方面屡屡结出硕果，令人惊叹。当然，到目前为止，最能体现高泰东全能水平的，应数这本《1966 年我们读高三》，因为从社会学、历史学、政治学意义上来说，这本书正如莫砺峰老师所说，"为中国高中 1966 届留下了一个完整班级的群体样本"！

小镇溱潼还有一个共和国罕见甚至仅见的兄妹八人全部考取重点高校的完整家庭样本。

2019 年 9 月，中华人民共和国即将迎来 70 周年诞辰的时候，扬州大学医学院原党委书记唐尧，应邀为当年入学的新生作了一场迎新报告。唐尧报告的题目是《与祖国母亲同行》，讲述了他们兄妹八人如何勤奋努力，刻苦求学，以大带小，相互支持，最终八人都先后考入现在的"985"

"211"著名高校的故事。唐家兄妹相差 21 岁，唐尧排行老八，年龄最小。妈妈对每个子女从小念叨的话就是，"你们要好好读书，到外面去读大学，做大事。"大哥 1955 年毕业于浙江大学医学院，后就职于苏州大学附属第一医院，曾任大外科主任、教授。二哥毕业于清华大学，曾任苏州一家上市公司副董事长、高级工程师。大姐 1957 年毕业于现在的南京医科大学，曾任北京生物制品研究所所长、教授级高级工程师。二姐 1959 年毕业于上海华东纺织工学院（现东华大学），后一直在东华大学任教。三姐 1966 年毕业于华东纺织工学院，曾任陕西省纺织机械厂高级工程师。四姐 1968 年毕业于天津大学，曾任苏州化工厂高级工程师。

轮到五姐准备参加高考的那一年，因为"文化大革命"，大学停止招生了。五姐的大学梦破，正在读高一的唐尧也被迫离开了课堂，和五姐先后插队到农村谋生。五姐在农村滚得一身泥巴，练了两手老茧，因为表现很好，先后被推荐担任了小学老师、中学老师，眼见高考无望，只得放下梦想，结婚生子。1975 年，五姐一家去苏州看望大哥，五姐对大哥提了个要求，带她去大学看看。大哥把她带到自己兼职任教的苏州医学院，站在校门口，望着"苏州医学院"几个大字，五姐流泪了。五姐后来告诉同学，回到农村中学，她有一次梦中又回到了苏州医学院，要找自己的教室，上课铃响了，她却怎么找也找不到。情急之中，醒了，身边躺着熟睡的丈夫和孩子，五姐又一次落泪了。

大千世界的奇妙之处在于，梦想真有成真的时候。1977 年底，国家恢复高考，五姐发疯一样忙完教学忙复习，终于如愿以偿被苏州医学院录取。五姐当年虚龄 32 岁，最小的应届生 17 岁，大家选她当了班长。她中学学的俄语，英语要从头学起。一次同学晨练，看到在操场上背英语单词的五姐，大惊："唐姐，你的头发怎么全白了？"五姐手一抹，原来是头顶上披了一层冰霜。就是凭借着这样的刻苦和努力，五姐基础扎实，学业精进，现在是泰州人民医院的主任医师、终身教授。

唐尧说，五姐高考的成功，让他明白了一个事理，梦想在什么样的情况下可以成真。五姐拿到录取通知书的时候，唐尧怅然若失，像一只在独木桥那一头的小羊，羊群中的前面七只都勇敢地过去了，他还在"咩、咩、咩"地犹豫着要不要过桥。为了实现爸妈对大家都要"读大学，做大事"的嘱咐，上面的哥姐都有分工，一对一资助弟妹的读书费用，所以，唐尧自己读书的开销不用犯愁了。但他1966年只读到高一，已经离开学校11年，而且也结婚生女了，女儿刚刚三个多月，怎能一走了之呢？五姐开口了：有得就有失，你才一个女儿，我有两个儿子呢！初中生都有考取的，你为什么不行？在一种志在必得的士气鼓舞下，"小羊"唐尧开始冲刺独木桥了。他拼尽了全身力气，真的是拼了，160斤的体重，三个月的时间，瘦到了140斤——他是躺在镇医院的病床上听到有线广播公布参考人员分数的，溱潼镇1978级考生中，第一名唐尧！唐尧被录取到了上海医科大学（现在的复旦大学医学院）。

别以为唐家兄妹是"两耳不闻窗外事，一心只读圣贤书"的学霸型"书痴"。不，他们的父亲唐质之先生是位读过三年私塾的"儒商"，新中国成立后一直是小镇供电所的负责人，晚年还担任过姜堰市政协副主席。父亲对儿女的要求是"遇到秀才谈诗书，碰上屠户侃杀猪"，什么都得懂一点，什么都得会一点，什么样的困难就都能应付得了。唐尧讲了他读书期间的一件乐事。他去上海医科大学报到时，在体育馆办理新生入学的各项手续，等候的间隙中，看到校乒乓球队在一边训练，一打听，场上练球的是校队冠军队员。唐尧看看，觉着这个冠军似乎不咋地，有点手痒。正好一只球滚到脚边，他捡起来送上，问可不可以打一局。对方一听，说：好啊！一局下来，唐尧把对方打了个21：1。唐尧办完报到手续刚找到新分配的宿舍，乒乓球队的教练老师跟了进来，一番交流，当场拍板，把唐尧请进了上海医科大学乒乓球队。教练老师不知道，他新招的这个队员，凭借着在水泥球台上练就的过人技艺，已经在家乡泰县当过六年的乒乓球教练了。顺理成章，唐尧在上海医科大学读书的五年间，领衔学校乒乓球队，在与复旦、交大、同济、上海理工、东华大学、华东理工、华东师大、上海师大、上海二医等高校的较量中，不论是轻松胜出，还是涉险胜出，反正都是胜出。上海医科大学这五年的单打冠军，当然也非唐尧莫属了。参加工作后，唐尧一直是所在部门、所在单位乒乓球队的主力队员，以至于当了医学院的党委书记、成了"原党委书记"以后，还是乒乓球队的"现任"顾问。

大学校长成排

像唐尧这样，给他一个支点，他就能撬动周围的世界的人，小镇还真有不少。

2024年4月，姜堰区召开2024"康养名城，活力姜堰"创新发展大会，大会邀请了300名活跃在海内外各界的姜堰籍游子回乡"省亲"，看家乡，谋发展。在一份名录上，我发现，在国内高校任职任教的姜堰籍人士有300多名，担任校（院）长、书记的有50多名，而溱潼籍的高校校长、书记竟接近20名，真的是大学校长成排了。

溱潼籍高校领导涉及的大学有：武汉大学、东南大学、中国美术学院、上海对外经贸大学、上海海洋大学、南京信息工程大学（原南京气象学院）、南京师范大学、南京农业大学、南京林业大学、江苏大学、山东艺术学院、山东工艺美术学院、扬州大学、南通大学、无锡太湖学院、江苏农牧科技职业技术学院、江苏建筑职业技术学院……这些高校校长（副校长）、院长（副院长）、党委书记（副书记），除了山东工艺美术学院原副院长朱铭、原南京气象学院院长朱乾根离世以外，其他各位仍然在行政、教学、指导研究生和担任所在学校顾问的工作中忙碌着。

来认识几位溱潼籍的大学校长。

上海对外经贸大学副校长徐永林，土生土长的甸址村人，经济学博士，曾经作为访问学者在英国杜伦大学学习。自 1988 年起，他就投身于上海对外贸易学院的教学和科研工作。他的专业领域主要集中在资本市场与公司金融，研究成果丰硕，在《世界经济》《统计与决策》《审计与经济研究》等权威期刊上发表了大量高质量论文，并主导和参与了多项上海市哲学社会科学重点规划项目和市政府决策咨询项目。在教学方面，徐永林经验丰富，他主讲的"国际金融""财务管理""公司购并""公司理财研究"等课程，深受校内本科生和研究生的欢迎。徐永林先后主持过省部级以上课题十多项，获得过上海市优秀教学成果一等奖。他现为教育部金融学类专业教学指导委员会委员、教育部中外合作办学项目评估专家。

田立新出生于溱潼镇湖西庄，理学博士，博士生导师，二级教授，先后担任过南京师范大学副校长、江苏大学副校长。他本科毕业于华东师范大学数学系，研究方向是能源系统工程、动态大系统建模及控制、应用数学。他先后主持国家自然科学基金项目 16 项，其中 2 项分别为国家自然科学基金重大、重点项目；主持完成了 3 项国家社会科学基金项目，其中 2 项为国家社会科学基金重大项目；先后主持省部级项目 30 多项。他在国内外发表学术论文 350 多篇，纳入 SCI 检索 260 多篇，出版专著 9 部。田立新曾获江苏省科技进步一等奖 1 项、江苏省哲学社会科学奖一等奖 2 项、国家教学成果二等奖 1 项、江苏省高等教育教学成果一等奖 2 项。他曾被授予"全国优秀教师"称号，获得过江苏省"红杉树"园丁奖和霍英东教育基金会青年教师奖等荣誉。

　　王浩本科就读的是同济大学的风景园林设计专业，后获得生态学博士学位。在担任南京林业大学校长之前，他从南京林业大学园林系普通教师开始任教，由系副主任到主任，由森林资源与环境学院（风景园林学院）副院长到院长，再由南京林业大学副校长到校长，一步一个脚印，走上了学校主要领导的岗位。除了南京林业大学校长的头衔以外，王浩还有不少带"国字号"的桂冠，譬如园林规划设计国家级优秀教学团队带头人、园林国家级实验教学示范中心主任、园林国家级特色专业负责人、国家湿地科学技术专家、国务院学位委员会风景园林专业硕士学位指导委员会委员、中国风景园林教育专业委员会委员。曾有记者在采访时问他，风景园林也就等同于花木盆景，这在他高考的时候，包括现在，都是一个小专业，他是怎么作出这么大的成就的？王浩回答，这是受了爸爸的影响。他爸爸很有艺术修养。王浩小时候钓几条小鱼回来，爸爸往盆中一放，加两根水草，就是一件鲜活的盆景。妈妈采几朵野花，爸爸往瓶中一插，就成了插花艺术。王浩的爸爸做了一辈子的溱潼中心小学校长，乐天知命，兢兢业业，溱潼走出来的大小才俊，都这样称呼和怀念他："我们伟大的王校长！"所以，王浩说，再小的专业，只要你专注投入，埋头钻研 20 年、

30年，你就可能成为专家，你就可能取得大的成就。

　　王浩在教学中，特别是在与研究生的互动中，也常有一些以小喻大的神来之笔。他时不时把几个博士生叫到他郊区住地的院子里，和大家一道并排蹲着拔草。这年头的准博士们，一个个细皮嫩肉，蹲在地上一两个小时可不是件容易的事情，一边拔草，心中一边嘀咕，这位博导耍什么花枪？请学生拔一次草，王浩自己要赔上一桌菜和一两瓶好酒，还不如200元钱找两个钟点工。有一次，博士生董琳要去加拿大一所大学交流学习，送行宴会上，有人趁着酒劲劝老师不要再做这"赔本买卖"。王浩也喝了几杯酒，说话也就直白了，反问大家：这仅仅是拔草吗？这仅仅是吃饭吗？这是在上课！王浩说，园林设计也好，花木盆景也好，都是理科中的文科，文科中的艺术专业。这种特殊的"艺术专业"，就像舞台上的舞蹈功夫、武打功夫，台上一分钟，台下十年功。园林设计、盆景雕琢这一行，除了扎实的书本知识，你没有一两个小时、两三个小时的蹲功和站功，是入不了门、成不了家的。所以，我们要敬畏土地，敬畏劳动，敬畏专业。这个故事，我是从王浩校长早几年的博士生汤鹏那儿听来的，他参加了那次活动。

　　作为国家级城市园林规划和湿地建设的高参，王浩还一直致力于"公园城市"的理论研究和实践探索。他说，小时候的儿歌就唱"我们的祖国是花园，花园里的花儿开得艳"。这种鲜艳不是见缝插绿，不是屋顶花园，而是要有全盘的规划。他很反对全年常绿，满眼是花。他以为四季转换、草木枯荣是人间正道，坦荡快意。他在浙江、吉林、河北等全国各地的专项活动中，不断"掏出"他倾注了大量心血的两张名片：公园城市——泰州；湿地建设——溱湖。

南京信息工程大学（简称"南信大"）是在 2004 年由南京气象学院更名而来的，因为多方面的原因，该校原来在国内排名靠前的大气科学专业和气象学专业，都遇到了招生和毕业生就业的困难。2006 年初，李廉水由南京财经大学副校长调任南信大校长。李廉水是经济学家，清华大学经济管理学博士，调任南信大之前，他关于知识经济的研究和讲座火遍大江南北。经济学专家能带火老牌的气象院校吗？在校内外的一片怀疑声中，李廉水在一番调研之后，提出并实施了"上天入地"的振兴南信大的目标管理策略。

"上天"，就是瞄准品牌专业的世界一流水准，"垂直拉升"，迎头赶上。李廉水解释，为什么提"垂直拉升"，不搞"弯道超车"？因为"弯道超车"有时容易犯规，甚至不"犯规"就难以"超车"，有投机取巧之嫌。而"垂直拉升"，靠的是实力、功夫和超常的努力。李廉水是如何"垂直拉升"的呢？他了解到联合国世界气象组织的多位官员为原南京气象学院的校友，就立即与他们建立联系，及时了解信息，申请主办前沿学术活动，以此扩大学校影响，也逼着自己学校的师资队伍"观云识天"，苦练内功。为了争取主办 2006 年第十届世界气象组织教育与培训会议，李廉水从腰椎间盘突出手术后的病床上，被抬上了飞机。在去日内瓦的飞机上，他一个小时调节一次腰带，硬是用真情、用诚意，迎来了世界气象组织的官员和各国气象专家，迎来了国家气象局和省政府领导。论坛的举办，"逼"着学校的硬实力和软实力都大大上了一个台阶。李廉水在南信大期间，还干了件搅动业内池水的大事——"招女婿，促儿子"。南信大自 2006 年开始，连续多年面向全球以百万年薪招聘二级学院院长，人称"招女婿"。本校毕业或已在学校工作的"土生土长"的儿子呢？李廉水说，一样看待，条件一经制定和公布，"女婿"抢到了"绣球"，有出息的"儿子"也在"业精于勤"的较劲中，找到了自己新的位置。

"入地"，就是要让南信大的毕业生"接地气"，适应社会的需要，尽快在社会发展中找到自己适合的位置。南京气象学院改校名以后，由原来的气象专业院校，变为包含气象专业、人文专业、理工专业的综合性大学。由于高校体制改革后扩大招生，原有人文类、理工类高校的品牌专业毕业生在就业时都遇到了"粥少僧多"的难题，更何况南信大这个新更名院校的新开办专业呢？面对早期南信大毕业生就业难的实际状况，校务委员会作出决定，南信大的品牌专业中最强的、排名第一的是气象专业，南信大要扬长避短，把"观云测天"当作自己的"大学语文"，所有专业都要开设气象学中的五门基础课程，鼓励人人拿辅修专业证书，有条件的修气象学的第二学位。人才市场很快反馈回来信息，各地气象部门在招收南信大气象专业毕业生时，文科、工科、理科类的同学"搭伙"投档，很受欢迎。因为，全国各地各级气象单位和部门招收新员工时，除了需要气象专业毕业生，也需要中文类、经济类、计算机类等专业的毕业生。同样专业的学生应聘，南信大的非气象类专业毕业生手上大多有张《气象专业辅修证书》，你说，哪家的毕业生更受气象部门欢迎呢？即使是政府的其他管理部门、职能部门，只要是与气象管理、协调稍微沾点边的，谁见了不心动呢？南信大的毕业生就业率，一下子跃居江苏高校前几位。

所以，李廉水的"上天入地"战略成功了。不应该被"985""211"遗漏的南京气象学院，经历更改校名后，又以南京信息工程大学的名字入选全国"双一流"高校。"百度百科"上这样介绍，南京信息工程大学是国家"双一流"建设高校，也是江苏高水平大学建设高峰计划A类建设高校。学校的大气科学专业为"世界一流学科"建设学科，在教育部最新一轮的学科评估中蝉联第一和A＋等级，实力顶尖。

李廉水2017年从南京信息工程大学党委书记、校长岗位退休后，继续担任无锡太湖学院的执行校长、中国科学学与科技政策研究会（国家一级学会）监事长、中国气象学会（国家一级学会）副理事长、中国民办教育协会（国家一级学会）副会长。他还是国务院管理科学与工程学科评议组成员、教育部科学技术委员会委员兼管理学部主任。

说起溧潼籍的大学校长，不能忘记已经去世的朱乾根（1934—2004）教授和朱铭教授（1937—2011）。

朱乾根教授是著名的气象学家，博士生导师，专业为大气科学与研究。代表性著作有《华南前汛期暴雨》《东亚季风》《天气学原理与方法》等。朱乾根教授曾担任国家自然科学委员会评审委员、全国季风科学研究协会技术组组长、中美季风合作研究中方科学顾问、《中国大百科全书》特约编辑等。20世纪80年代中期，他担任南京气象学院党委书记、院长。非常巧合的是，21世纪初，又一个溧潼人李廉水担任了南京信息工程大学（原南京气象学院）党委书记、校长。在前后相隔不足20年的时间里，同一所知名大学先后由从同一个小镇走出的两名教授执掌，这应该是共和国教育史上罕见的佳话。

朱铭教授生前曾担任山东省政协副主席、第十届全国政协常委、民盟山东省委主委、山东工艺美术学院副院长等。朱铭教授是我国著名的美术史学家，数十年笔耕不辍，著作颇丰，在美术史、美术原理、设计艺术学理论和设计艺术史等领域的研究上具有开创性的独到见解。他的代表性著作有《外国美术史》、《设计史》（上、下）、《雕塑名作欣赏》、《设计家的再觉醒》等。朱铭教授毕业于山东师范大学（原山东师范学院），长期在山东艺术学院、山东工艺美术学院执教并担任领导工作。业界流传着许多朱铭唯才是举、慧眼识珠的轶事。最为山东人民称道的是，在整个社会唯成分论的时候，山东艺术学院声乐专业招生时，一名潜质很高的考生因为有亲属在台湾，在政审中被拦了下来，分管招生工作的朱铭调看了录像，力排众议，录取了该生。朱铭教授说："我们是为国家录取音乐人才，我们不是选拔党政干部。"这名幸运的女学生，就是后来以《希望的田野》《父老乡亲》等歌曲名扬华夏、享誉世界的著名女高音歌唱家。

李家兄弟院士

根据网络信息，截至 2023 年底，中国科学院院士 873 名，中国工程院院士 978 名，两者相加，一共 1851 名。若按全国人口 14 亿计算，两院院士与全国人口的比值大约为 1/760 万，也就是说，平均 760 万人中才有一名两院院士，真可谓寥若晨星了。所以，在统计两院院士时，一般都是以地级市为单位。

小镇溱潼有个例外，李家一门三院士，兄弟仨：李德仁、李德毅、李德群。

李德仁，1939 年生，摄影测量与遥感专家，1991 年当选中国科学院院士，1994 年当选中国工程院院士，1999 年当选国际欧亚科学院院士。

李德毅，1944 年生，人工智能研究专家，1999 年当选中国工程院院士，2004 年当选国际欧亚科学院院士。

李德群，1945 年生，材料成形专家，2015 年当选中国工程院院士。

咱们先从李德群说起。李德群 1968 年毕业于清华大学冶金系，1981年获得华中工学院塑性加工专业工学硕士学位，毕业后留校工作。他 1986—1987 年在美国康奈尔大学访学，归来后担任华中科技大学材料科学与工程学院院长。李德群长期从事材料成形模拟、工艺与智能装备等领域的研发，不少带有创新意义的成果被国防、汽车、电子技术等高新领域采用，2007 年获国家科学进步二等奖，2010 年获国家自然科学二等奖，同年被评为"全国优秀科技工作者"。李德群与他的团队先后主持和承担了多项国家自然科学基金项目，博士点基金项目，国家"七五""八五""十五"重点攻关项目，获得国家发明专利 20 多项。李德群还出版有专著 8 部，合著 3 部。可惜，天不假年，2022 年，李德群院士因病医治无效，过早地离开了他为之奋斗的事业。

李德毅是三兄弟中的军中院士，少将军衔。他 1967 年毕业于南京工学院（现东南大学）无线电系，1983 年在英国爱丁堡大学获取博士学位回国后，被征召入伍，之后，一直从事指挥自动化系统工程和军队信息化工作。李德毅除承担军中相关专业的领导工作外，还兼任中国电子学会副理事长、中国人工智能学会理事长、中国科学院计算机网络信息中心首席科学顾问。在人工智能领域，李德毅被称为"AI 之父""人工智能的领舞者"。早在 2012 年，北京到天津高速公路的部分封闭路段里，李德毅的团队就开始了无人驾驶的试验。2015 年，从郑州到开封的全开放公路上，李德毅团队研发的无人驾驶汽车试行成功。2018 年 4 月 12 日，是一个值得纪念的日子，也是一个应该载入史册的日子——全世界第一辆无人驾驶的电动卡车，从天津港启动出发，投入运营。驾驶座空着，李德毅院士与助手微笑着端坐后排。这辆卡车安装了北斗定位系统和激光雷达、毫米波雷达等国产设备，同时辅以多项人工智能技术，可以保证在夜间、大雾、雨雪等恶劣天气和现场人员、车辆、作业设备交混的复杂情况下全天候运行。这是震惊世界的纪录。所以，2018 年 6 月，全国两院院士大会期间，在习近平总书记握着李德毅的手，询问中国的无人机、无人舰、无人车研制情况时，李德毅自信地回答，各个国家都在加紧这一方面的研究和实验，我们有我们自己的特色。什么叫"我们有我们自己的特色"？就是说，我们在某些方面已经走到了前头，领先了！

这里有个小小的插曲。李德毅团队研发的无人驾驶汽车在天津试驾成功的消息传到溱潼时，时任溱湖风景区党工委书记王荣明忽发奇想，说等当时正在修建的环湖公路竣工时，开通自动驾驶环湖观光车，观光车就命名为"李德毅号"。2018 年的时候，这是一首极富创意的湖滨畅想曲；2024 年，昨天的畅想曲完全可以变为今天的环湖进行曲。

李德毅院士在人工智能领域取得领先世界水平的成果时，他的胞兄李德仁院士也在自己的科研领域"放了卫星"。李德仁院士 1963 年毕业于武汉测绘学院航测系，1981 年获武汉测绘学院摄影测量与遥感专业硕士学位，1985 年获德国斯图加特大学博士学位，同年返回武汉测绘学院任教，1986 年被破格晋升为教授，2000 年开始担任测绘遥感信息工程国家重点实验室主任，继续从事以遥感、全球卫星定位和地理信息系统为代表的地球空间信息学的教学与研究。在长期的研究和实践中，李德仁院士于 2005 年进一步提出了一个理论与设想：把高空的卫星、低空的飞机、地上的移动测量系统与网上的地理信息系统（GIS）全放在一起，叫"广义空间信息网络"；把图像处理、GPS 数据处理由在地上做改为在天上做，叫"在轨数据处理"。他当时希望到 2020 年的时候，构成一个天上、地上合在一起，能够及时更新、处理数据的实时或准实时系统。这被相关领域称为"通导遥理论"，即通信、导航、遥感三方面的数据一体化处理，又被称为"李德仁方法"。

"通导遥"成功了，"李德仁方法"成功了！2024年6月24日，北京，全国科技大会、国家科学技术奖励大会、两院院士大会在人民大会堂隆重召开，习近平总书记向李德仁院士颁发了2023年度国家最高科学技术奖。新华社发布的消息称：李德仁一直致力于提升我国测绘遥感对地观测水平，他攻克卫星遥感全球高精度定位及测图核心技术，解决了遥感卫星影像高精度处理的系列难题，带领团队研发全自动高精度航空与地面测量系统，为我国高精度高分辨率对地观测体系建设作出了杰出贡献。

"通导遥理论"究竟有多重要？"李德仁方法"有什么奥秘？我们来作一个尽可能通俗点的解读。

譬如，非洲索马里海盗以前经常在印度洋袭击我国商船，我们的卫星在印度洋上空捕捉（拍摄）到信号后，要等卫星运行经过我国上空时，才能把信号发回地面，地面计算机软件处理完以后，再通过卫星把决策信号传送上去。一番操作下来，没有八小时，起码也要六小时。汶川地震中对堰塞湖处理的延误、九寨沟地震图像处理的滞后、天津港大爆炸后黄金救援时间的失去等，一系列血的代价，都是因为当时还没有"通导遥一体"的减灾良方。现在，"李德仁方法"正是将通信、导航、遥感中对同一事件获得的数据整合到一体，运用数学方法进行最优估计，以实现对整个测量系统的精确处置。这种精确处置方法，以前数个小时的传输过程现在只需要三四分钟的时间。如果运用到军事上，借助我国已经建成的太空卫星网络，可以每五分钟传回一张南海中全速航行的军舰的图片，并注明经纬度、战备情况、航速等。倘若将图像投放到大型电子屏幕上，那就接近于现场直播了。在 2024 年 4 月 5 日溱潼举行的创新发展大会上，85 岁的李德仁院士，给与会者作了一场和平利用"通导遥"的低空经济发展讲座。他使用的 PPT 上，有武汉闹市区清晰的交通分流引导提示，有从农作物叶片观测中得出的施肥、浇水建议，甚至连作物缺什么肥、怎样施用，都有明确的指导条目。"李德仁方法"已经开始在一些重要领域或大型活动中发挥作用。巴黎奥运会期间，中国长光卫星官方账号上传了一幅塞纳河卫星图，内行的网友马上从相关高分辨率数据中得出结论：塞纳河的水质已经不符合十项全能水上运动的标准。后来，相关水上竞赛项目果然易地举行。这也从一个侧面证明，中国的高分辨率卫星可以实时监测世界的任何一个角落。

李德仁院士的这一研究成果，借助了其弟李德毅的 AI 智慧。有细心的记者发现，从八年前开始，在全国两院院士大会及其他相关会议上，兄弟俩只要一见面，就少不了交流科研信息。他俩还跨学科交流，合著了具有国际前沿意义的专著《空间数据挖掘理论与应用》，联手招收和指导跨学科的博士生。中国有个成语叫"如虎添翼"，这样一专多能的博士，从李德仁、李德毅身边已经走出去两名，而且正在继续培养中。

2019 年，姜堰区政协组织省内几位优秀报告文学作家，采写了报告文学集《姜堰院士》。在李氏三兄弟的采访过程中，三院士都不约而同地讲到了他们的曾祖父李贞发，讲到了曾祖父亲笔书写的《李氏家训》。三院士祖籍镇江。1855 年，家境普通的李贞发由东台的亲戚介绍，15 岁就来到溱潼镇的一家典当铺当学徒，由于勤劳、聪明、好学、肯干，逐步升任经理。李贞发稍有积蓄便投资钱庄和银行，获益后选购土地、开垦果园、营造房屋。他乐善好施,饥荒时常以放粥、放米、赠钱等多种方式周济乡亲,平日里也经常修桥补路,造福一方。因此,李贞发崭露头角以后,小镇商贾一致推举他担任商会会长。担任了商会会长的李贞发,更加积善行德、敬老爱幼、扶助穷困,德高望重,以至于民国时期的徐世昌总统曾赐他金匾:"孝德永彰"。李贞发1919年病故,享年80岁,出殡时,沿途店铺多设路祭,以寄悼念。李贞发为后代留下的最珍贵的遗产,是其在50岁时亲笔书写的80字《李氏家训》:

> 爱我中华,兴我家邦;
>
> 少小勤学,车胤孙康;
>
> 弦歌雅乐,翰墨传香;
>
> 尊师益友,孝德永彰;
>
> 和亲睦邻,扶幼尊长;
>
> 敬德修业,发奋图强;
>
> 女红针黹,娴淑贤良;
>
> 诗书共读,兰桂齐芳;
>
> 扶贫济困,造福一方;
>
> 克勤克俭,家道隆昌。

先贤李贞发书写于1889年的《李氏家训》,至今还完好无损地悬挂在院士旧居的堂屋里。135年过去了,用今天的价值观来衡量,《李氏家训》不仅无一字需要推敲修改,而且其熠熠闪烁的人文光华和家国情怀值得我们竖起双拇指点赞。李德仁院士谈起《李氏家训》时,对采访他的报告文学作家子川说,这是曾祖父留给我们的全部的政治、经济和文化遗产,是我们成长的座右铭和指路灯。镇江李姓有多个家族，我们这支李姓可查证的家谱，较多的是从曾祖父李贞发开始。曾祖父贫穷起家，逆境奋起，所以才能从自己的人生历练中，总结出如此高瞻远瞩、博大精深的《李氏家训》，我们兄弟三个也听从曾祖父的教导"敬德修业，发奋图强"。李德毅院士一次在电视镜头前谈起成长经历时，一字一顿、一字不落地虔诚背诵起曾祖父留下的 80 字《李氏家训》："爱我中华，兴我家邦；少小勤学，车胤孙康……"

第八章

高书记的"高"（A）

非典封路了，他却要"旅游兴市"

　　高书记，是姜堰曾经的市委书记高纪明，就是那个对溱潼镇肖乐平书记想搞文化旅游感兴趣的高书记，就是那个说"旅游要有让人感兴趣的东西可看"的高书记。

　　院士家的《李氏家训》让人感兴趣吧，游客参观院士旧居时，《李氏家训》是导游重点解说的内容，挂在厅堂中的书法原迹成了游客纷纷拍照留影的"打卡点"。可是，就是这个让人感兴趣的东西曾有着不被人感兴趣的年头，高纪明几乎是拉下市委书记的脸，把它从"仓库"中挖掘出来的。

　　肖乐平想在溱潼搞文化旅游的时候，高纪明被他带着爬墙头看了宋代茶花树，又看了唐代槐树和明代黄杨。高纪明问肖乐平，还有什么可看？文化旅游不能光是看树，还应开辟更多有效资源。肖乐平说："有啊！溱潼也有周庄古镇那样的沈厅和张厅，有同里古镇那样的退思园，只是，只是……"高纪明是个急性子，肖乐平还未讲完，高纪明抢白道，"只是什么？先带我看看去！"

　　肖乐平带着高纪明一行来到今天的院士旧居的南大门，这是临街的前门，大门紧锁，似乎还留有旧日封条的痕迹。他们又兜兜转转来到巷子里的后门口，依稀可以辨出这是一座前后六进、有近百间房屋的深宅大院。原来，三院士所在的李家，三代同堂，因为关系和睦，即使简单分家后，也依然保留着祖上营造大院时的格局，共门共院，原貌原样。三院士父亲这一辈，新中国成立后都在外地参加工作，院士兄弟离家读书后，整座大院无人居住，按照当时的规矩，整座院子就托付给房产公司了。房产公司为了省事，将院子整体租赁给了供销社作仓库。肖乐平带着高纪明来看院子的时间在 2003 年春天，这个时候体制内的供销社早已没有了踪影，房产公司也在一次次的改制中，只剩下几本登记簿和几串钥匙，想找人联系，都要几经预约，才能见上一回。好在这一次前后转悠，虽未能进入院内考察，但马马虎虎知道了个大概。高纪明给肖乐平下了命令，不管你用什么方法、什么手段，迅速把院子从供销社和房产公司手中"拿"回来，同时与院士的家人取得联系，整修、恢复、开放，这是一个多有意义的景点啊！"拿"回院子的过程中有不能解决的困难、有难以逾越的阻力，找我这个市委书记。

院士旧居和《李氏家训》就是这样"重现人间"的。

高纪明到任姜堰市委书记的时间是 2003 年 1 月 27 日，2002 年农历腊月二十四。这本来就是各行各业什么都不想干、准备"躺平"过年的日子，再加上这个时候从广东开始，人类遭遇了非典型性肺炎（简称非典，SARS）疫情的侵袭。非典是一种严重急性呼吸系统综合征，由 SARS 冠状病毒引起的急性呼吸道传染病，来势异常凶猛。一时间风声鹤唳，黑云压城，有事干的、没事干的，全找着机会名正言顺地"躺平"了。春节期间，疫情向各地蔓延，发热病人增多，咳嗽病人增多，肺炎病人增多。接着，死亡病例开始出现，报纸、电台、电视台开始播报着各地虽然不多，但每天都在增加的死亡病例数字。人心惶惶，仿佛世界末日就在明天。大疫大灾面前，阻断、隔离、封路，是只有像我们这样的社会主义国家才能实行的最积极、最有效的物理抗争手段。于是，各地乡（镇、街道）、县（市）、省（市、自治区），都以行政区划为界，自我封闭，包干管理，开始了"闭关"式抗疫。我查了一下相关资料，非典疫情 2002 年 11 月在广东佛山爆发；2003 年 1 月发现广东省外病例，引起全国各省市警觉；2 月各省市陆续发现病例，遂逐步启动全国性的防疫措施；3—4 月达到高潮，死亡病例涉及包括港澳台在内的 26 个省（市、自治区）；直至 7 月 13 日，方才宣布区域隔离的路禁全面解除。

我不厌其烦地回顾这一段历史，一是想说明，高纪明刚上任就三番五次地到溱潼搞调研，恐怕也是因为他当时既然走不出他的"封疆领地"，就不妨扎下去作点沉浸式调查研究。二是为下一段内容烘托气氛，用部分姜堰人的话说，新来的市委书记没有感染上非典，但作了一个头脑有点"发热"的决定。

2003 年五一节期间，姜堰市第十届党代会召开，高纪明作为书记的新一届市委领导班子正式亮相。高纪明的闭幕讲话和全委会决议中，都出现了一个新词："旅游兴市"。而党代会召开期间，江苏各地级市之间还实行着严格的交通管制，市与市之间的车辆流动是要有"路条"（通行证）才能通行的。我清楚地记得，6 月 22 日，家母病逝，我回溱潼奔丧，过南京长江大桥（那时只有一条过江通道）时，司机是出示了准予出城的通行证的。也就是说，高纪明力倡"旅游兴市"的时候，旅游市场一片萧条，所有道口都亮着红灯。

我曾经悄悄问过当时领导班子里的一个成员，这样有点"冒进"甚至有点"盲目"的决策，在集体讨论时难道没有争议吗？这个领导说，怎么没有争议呢？大家争相发言，争论不休，因为高纪明刚到任不久，大家还有点碍着情面，否则就差拍桌子了。但是，集体讨论的时候，大家都举手了，说服不了他啊！反倒是大家被他说服了，尽管有的人心中还有点嘀咕。

高纪明说服大家的理由大致有三条。第一，非典之后的工业恢复有个过程，属于慢启动。农业农村受影响不大，农民会按季节需要适时管理。非典时期的旅游活动完全停止了，根据经济规律，一旦恢复，将有报复性增长，阳光总在风雨后，风雨过后是彩虹嘛！第二，他到任后的三个月，基本扎在基层调研，发现溱潼的旅游资源丰富，有大有小，有点有面。特别是看了溱潼会船的电视专题片以后，他感到这是一个"抓手"。省水利厅正在支持万亩喜鹊湖干湖清淤，姜堰应该抓住这个机会，"会船搭台，经贸唱戏"，2004 年清明节，好好唱一台会船节大戏。第三，省里一份简报上登载了一篇盱眙龙虾节的调研文章，盱眙人在《扬子晚报》的支持下，2001 年、2002 年连续两年成功举办盱眙龙虾节，小龙虾助推了经济发展，还富了百姓口袋，老百姓的人均储蓄由 2000 年底的 1106 元增长到 2002 年底的 5401 元。从各个层面分析，溱潼会船节的影响力，不应该在盱眙龙虾节之下，姜堰应该向盱眙学习，找《扬子晚报》支持，在节庆经济上寻突破，用节庆经济推动整个国民经济发展。

就这样，高纪明带着一套筹备会船节的班子，找到了《扬子晚报》。

《扬子晚报》怎么与盱眙龙虾节联系起来的呢？说来也饶有一番兴味。20 世纪 80 年代，江苏省委为了缩小苏南和苏北地区发展之间的差距，实施了"抓两头、带中间"的战略，让苏南和苏北的县市结对帮扶，同时也促进苏中地区的发展。为了加大这一战略的实施力度，省委也给省级机关的相关部门下达任务，对口"结亲"苏北各个县（市），《扬子晚报》与盱胎"被配对"了。其实，《扬子晚报》与盱眙本来就是"亲友"关系：当时《扬子晚报》的总编辑朱铭佐是涟水人，盱眙县县长郑宁也是涟水人；《扬子晚报》的老朋友、司麦尔文化艺术公司董事长成中和是盱眙人，《扬子晚报》文化部主任张继斌多次被成中和带到盱眙采访采风……总之，本来就是"亲戚"，这下子名正言顺，"亲上加亲"了。"亲上加亲"之后，走动更加频繁了，盱眙的"亲戚"说，盱眙好东西很少，吃点小龙虾吧，他们那儿的杨老板制作了一款"杨四十三香龙虾"。《扬子晚报》的"亲戚"也不见外。文化部主任张继斌虽然很有文化，但祖籍山东，父亲是大军南下留在江苏的，"军二代"骨子里还透着一股山东人的豪爽劲，几只十三香龙虾下肚，大叫："香！真他妈香"……于是，龙虾大排档、千人龙虾宴、万人龙虾宴，次第登场；盱眙龙虾节、中国盱眙龙虾节、盱眙国际龙虾节，从 2001 年开始步步递进；盱眙、淮安、南京、上海、杭州、深圳、广州、北京，小龙虾"横行"各地；中国、新西兰、澳大利亚、瑞士、丹麦，盱眙龙虾开始出使世界。当然，每年 6 月 12 日的龙虾节，还少不了一场司麦尔文化艺术公司策划、承办的大型广场演出，这场演出年年出新，其精彩节目和精彩镜头频频引发关注。譬如，于文华翻唱的那首《纤夫的爱》的 MV 的大部分镜头，就是在演出现场都梁广场前的淮河里拍的。《扬子晚报》摄影记者吴俊和岸边的观众一起"追星"，一脚踩进河边沼泽地里，拔出来时，鞋子、袜子全没有了，吴俊不为所动，手捧相机、光着脚板继续跟拍。次日，于文华淮河边唱歌和《扬子晚报》记者光脚"追星"的图片，火了大半个中国的媒体。须知，那时没有自媒体，没有微信，手机还是奢侈品，纸质媒体风行，《扬子晚报》以超过 200 万份的日发行量独步中国，《扬子晚报》网站也是由省级纸媒创办的第一家电子版媒体，所以，双方强强联手，精心策划，盱眙龙虾节一下子"火出圈"了。

高纪明看到的那一份简报，大约就是对这一现象的调查报告。因为有了事先沟通，高纪明对朱铭佐的拜访单刀直入，朱铭佐对高纪明的接待热情坦诚。我那时候是朱铭佐总编辑的助手，朱总讲了一句至今想起来都非常暖心的话：报纸本来就是为社会、为老百姓服务的，况且，姜堰是桐淦的家乡，桐淦的家乡就是我们的家乡，我们会像服务盱眙龙虾节一样，做好溱潼会船节的服务工作的。

张继斌和他的团队，就是在这样的背景下走进溱潼会船节的。那时候非典疫情的阴影还在，人们还在尽可能回避乘坐公共交通工具，张继斌干脆开着当时不多的私家车，带着几名同事，往返在南京和溱潼之间。有一次闲聊中，他略一思考，说筹备溱潼会船节的最初两个月内，他有六下溱潼的记录。他在《我与溱潼会船节（1）》的微信文章中写道："策划溱潼会船节在职业生涯中是一段愉快的回忆。在喜鹊湖西南角度假村（那时不叫风景区）的铁皮小屋内，和高纪明、杨杰、高永明、李卫国、戚才俊、陈文亚等几位高智商的领导一道议事，最大的快感就是一拍即合、一点就通、一言为定、一马当先、一呼百应、一路绿灯、一气呵成……"什么是"一气呵成"的策划？在半年的时间内，《扬子晚报》以挖掘溱潼历史文化为经纬，推出了唐代国槐、宋代茶花、平原湿地、东方麋鹿、院士旧居、古镇民俗、溱湖八鲜、会船大观等系列介绍文章，在一篇接一篇文章介绍的预热之后，迎来了 2004 年溱潼会船节的盛大开幕。

这些文章是怎么"出炉"的？张继斌的微信文章中说，夏秋的喜鹊湖畔多雨多鸟，下雨的时候，雨点敲打铁皮小屋，屋顶像幼儿园的孩子弹钢琴一样，"叮叮咚咚"，开始新鲜，弹着弹着就乱了谱了，不着调了。还有，早晨想多睡会儿，小鸟和大鸟都来叫你了，"起来，起来！"碰到这样的情况，干脆起来敲键盘，为溱潼的会船文化做文章。

会船节的不少观众和游客就是这样被吸引过来的。记者张磊是海安人，他回忆说，2004年会船节开幕那一天，"我一早开车带着姑妈赶来，距离溱湖还有几公里的时候已经没法前进，只能把车停路边，步行前进。就这样，我第一次采访溱潼会船节，就是从与赶路的游客拉家常开始的。大家都走得气喘吁吁的时候，他们知道了我的身份，快活地埋怨道，都怪你们《扬子晚报》吹牛，我们多少年不这样赶路了！老百姓的那一份高兴劲，那一种对新生活的热爱，说实话，我们也多少年没有见过了！那一年，沿湖观众和游客的统计数字是，接近15万人。"

张继斌文章中对2004年溱潼会船节成功举办的记述，还有两个"一"字开头的成语："一炮打响，一鸣惊人！"我在为他的文章点赞时狗尾续

涌向会船节的观众和游客

貂："还有，一飞冲天！"那一年，为了造势，高纪明书记亲自登门拜访春兰集团董事长陶建幸，借用他们的直升机，在会船节开幕时绕湖两圈，一时间，天上轰鸣，湖上水啸，岸上沸腾，开创了会船节历史上的空前一幕。

那是 2004 年，"低空经济"这一名词还没有出现的时候，高纪明已经正儿八经地玩起了低空经济。

还有一个镜头，因为亲见，所以难忘。会船节结束，在送别客人的沿湖大道上，一个农妇兴奋地告诉她刚认识的新书记，"高书记、高书记，我今天发财了，100 瓶矿泉水，进价 1 块钱 1 瓶，规定我们不超过 3 块钱卖出，我赚了 200 块钱！"

那是 2004 年 4 月，200 块钱对于农家、对一个农妇来说是有一定含金量的。

富民工程就这样燃起了星星之火。

旅游兴市就这样拉开了帷幕。

既做 "下访" 人， 又当 "上访户"

2003 年底至 2004 年的那一段时间里，网络上有一个热词：下访。你如果在搜索栏输入"下访"两个字，网页上可能就会出现来自《报刊文摘》的图片和文字链接：首先是高纪明推着自行车漫步街头的图片，接着是介绍姜堰市委书记高纪明打破常规，由坐在办公室接待上访变为到群众中去"下访"的故事。

《扬子晚报》2003 年 10 月 8 日报道，7 日下午，人们尚在国庆休假之中，姜堰市委书记高纪明已经带着市四套班子成员、各镇和市直机关400多名大大小小的"一把手"，风风火火来到里下河深处的俞垛镇，别出心裁地开起了"下访"工作现场会。高纪明在会上开宗明义说，市委对这次会议高度重视，"蓄谋已久"，想变群众上访为干部"下访"，就是以这次会议为抓手，像俞垛镇这样，在全市上下掀起一股干部作风建设的热潮，全力为民排忧解难，把执政为民、善待百姓的举措真正落到实处。

当时的俞垛镇党委书记黄健全实话实说，"下访"不是自己的发明，是前后两任党委"摸着石头过河"得来的经验。2000年乡镇行政区划调整，俞垛由原来的32平方公里扩大到82平方公里，人口从2万多增加到5.2万。村组合并之后，原有乡镇间的发展不平衡问题日渐显露，遗留问题纠缠不清，边远村组的群众路难行、桥不通，小学生上学晴天跌跌撞撞、雨天泥猴一个，并入乡镇的1400万元合作基金无法兑现，群众上访不断，小事拖大，大事拖"炸"，新的镇党委疲于应付，想开创新局面却苦于无法起步。为了彻底摆脱这种被动局面，党委决定，主要负责人分片下基层办公，将群众反映的问题件件排查清楚，件件研究解决方案，件件落实责任人。南陈村的路修好以后，叶甸村的桥造好以后，1400万元合作基金兑现有底以后，老百姓高兴得不行，又是放鞭炮，又是给镇政府送锦旗。"噼噼啪啪"的鞭炮声中，书记、镇长们的眼睛湿润了：原来问题成堆不是百姓在闹事，而是我们干部没问事、不干事。看来，关门办公，上访不断疲于应付；深入基层，下访农家海阔天空。于是，俞垛镇党委立下规矩，除了分管干部不定期深入村组以外，每月的25日，镇党委、镇政府主要负责人雷打不动"下访"分管村组。俞垛的"下访日"制度就是这样建立起来的。

一次党建工作座谈会上，黄健全的这番介绍说者无意，市委书记高纪明却听者有心。那年 4 月 25 日，高纪明悄悄来到黄健全当月"下访"的忘私村，忘私村群众的一番诉苦，镇村干部的一番商议，全镇范围的一番试行，解决老百姓因病致贫的"大病合作医疗"制度诞生了。接着，市委、市政府决定对姜堰城区人民路和通扬中路两边的建筑实行立面改造，高纪明要求有关部门和负责人向俞垛镇学习，工作重心下移，事先上门做好工作。结果，前后 50 天，涉及 1303 户店面房，道路两边的卷帘门全都变成了光洁明亮的玻璃门，一改以前脏乱差的旧貌。50 天施工期中，没有一起纠纷，没有一例处罚。那一年的姜堰城建，开发区拆迁 23 万平方米，全市百万群众无一例群体性上访。高纪明"下访"的故事很多，有不少还成了姜堰的经典笑谈。譬如，他力倡城市进行"厕所革命"，消灭又脏又臭的旱厕。有人冷嘲热讽，"这位书记没什么事，老百姓拉屎的事情他也要管！"高纪明在动员大会上气愤地说，讲这种屁话的人肯定不是老百姓，他自己家里和办公室里都有抽水马桶，他闻不到旱厕的臭味，看不到旱厕的肮脏。他说，都什么年代了，姜堰城内还有 385 个旱厕，谁要有不同意见，请他随便去 5 处旱厕考察考察。

后来，在创建文明城市的检查验收时，检查组发现，姜堰市信访部门的接访登记簿上是零记录，检查组愣是不信，认为是明显的弄虚作假。为了核查真伪，检查组又查证了泰州市和江苏省信访部门的相关记录，方才信服了那段时期姜堰的确无群众上访的事实。在交换意见的时候，高纪明诚恳地说，干部"下访"不是治市理政的万能良药，但是你下去了，带着真情实感去倾听群众的诉求，去帮助他们解决应该解决、能够解决的问题，心到了，情到了，哪怕一时半会解决不了，群众会理解和谅解的。从心理学上来讲，谁也不想一天到晚与人斗气、吵架。"不平则鸣"，"不平"可以看作遇到不顺心的事情，也可以看作遇到解决不了的问题，"不平"了，当然要呼叫，要向上寻求解决的办法。我这个市委书记要是遇到解决不了的问题，我也会上访。

高纪明真的做过"上访户"。2004 年 5 月，时任国家林业局副局长赵学敏对高纪明说，"你是全国 2800 多个县（市、区）委书记中，第一个到国家林业局来的'上访户'。"

2004 年清明节期间，非典疫情影响和湖底清淤以后的会船节一炮打响之际，高纪明想到了下一步的发展问题。会船节是季节性的节庆活动，黄金期较短。古镇旅游的景点尚在发掘和完善之中，既然要做旅游兴市的大文章，就要在深度和厚度上动脑筋。高纪明和当时的市长杨杰与溱潼镇和溱湖风景区的负责人商量，认为可以整合喜鹊湖湖东的沼泽滩地，打造森林公园，扩大湖区旅游景点。他们请求江苏省林业局给予支持，省林业局当时的分管副局长严宏生是姜堰老乡，担任过姜堰市分管农业、林业的副市长，对家乡也有着一份特别的感情。经过一番考察，大家有了共识：国

溱湖全景

家森林公园的面积要求是 2000 公顷以上，而喜鹊湖湖东的总体面积只有 400 公顷，显然达不到国家森林公园的创建申报要求。而按照当时的申报标准，国家湿地公园的申报面积底线是 200 公顷，喜鹊湖的长项是水、是湿地，何不扬长（做大水文章）避短（面积不足），创建国家湿地公园呢？

高纪明开始恶补有关湿地的科学知识。我国的湿地研究和对湿地的重视起步较晚，20 世纪 60—80 年代才开始关注湿地问题，1995 年第一部专著《中国湿地研究》出版问世。因此，湿地是人类定义较晚的生态文明概念，中国在这方面的研究更是远远落在西方的后面。但是，湿地对于人类的生存、繁衍和社会的发展、进步，又委实太重要了，"生命摇篮""文明发源地""物种基因库""地球之肾"，等等，怎样的美誉都不为过。正因为其重要，因为在中国研究较晚，所以，其潜在的建设价值非常高。高纪明听说当时杭州正在紧锣密鼓地打造西溪国家湿地公园，马上邀请省林业局副局长严宏生一道前往学习取经，又请南京林业大学的专家学者在最短时间内制定出湿地公园规划，一切准备妥当之后，高纪明到国家林业局"上访"来了。

溱潼地区有句俗语，赶得早不如赶得巧。溱湖申报国家湿地公园的事儿，既赶了早，又赶了巧。在国家高起点重视湿地生态建设的时候，姜堰市委书记亲自带队"上访"，送来湿地生态公园的高质量建设方案，国家林业局局长当然喜出望外。赵学敏是从福建省委副书记岗位上调任国家林业局副局长的，他拿出从家乡带来的大红袍茶，亲自洗茶、泡茶，以示对这位坐等了两个小时的"上访户"的歉意。随后，国家林业局湿地处组织专门人员来溱湖现场考察指导，经过近两年的精心打造，2005 年 12 月，溱湖国家湿地公园正式挂牌对游客开放，这是江苏省第一家国家湿地公园，也是继当年5月开张的杭州西溪国家湿地公园之后全国第二家国家湿地公园。

"江苏第一"和"全国第二"，都是起到了实际引领作用的"第一"和"第二"。高纪明书记就这个话题讲过两件趣事。

后来的广东省政协主席，当时的江苏省委常委、苏州市委书记王荣在泰州参加省里召集的会议，会议安排大家参观了溱湖国家湿地公园，并请高纪明介绍了湿地公园开发、创建、保护的过程。王荣在会议间隙找到高纪明，说要带苏州各市（区）的主要领导过来考察，到时还要请高纪明亲自接待和讲解。后来，王荣未能亲自带队，但各市（区）都组团来姜堰进行了认真的参观考察。苏州地区的地形地貌与溱湖太相似了，有一批像溱潼一样，被湿地环抱着的千年古镇——周庄、角直、同里、盛泽、震泽、千灯、陆慕。现在，苏州全市保护性地高质量建设了18处湿地公园。

当时的姜堰市委常委、常务副市长戚才俊接待过几批苏州客人。戚才俊回忆说，因为是一江之隔的近邻相互"串门"，交流也就直来直去，苏州几个市不同时期来访的同行都问过一个差不多的问题，"你们当初白手起家，大做湿地文章的时候，为什么没有把主要精力投放在古镇溱潼的扩大开发上？"戚才俊是个学者型的领导，他温文尔雅地回答，这也是向苏南朋友学习的结果。张家港精神里不是有"自加压力、敢于争先"嘛，溱潼刚开发古镇旅游的时候，南来北往的客人纷纷点赞，有的夸奖为"周庄第二"，有的盛赞"南有周庄，北有溱潼"。高纪明书记心中嘀咕，夸赞是夸赞了，但都排在别人后面，没有一个可以自己叫得响的品牌。于是，戚才俊领受了一项特别任务，在征求了南京林业大学校长曹福亮院士、省林业局副局长严宏生的意见后，邀请了十位国内林业、水产业、旅游业的一线专家"华山论剑"，探讨开发溱潼的良策。活动两天，实地考察一天，"溱湖论剑"一天，但第二天的讨论，实际用时一天有余——余在哪里？戚才俊说，那次闭门会议在原来度假区小岛的铁皮房内召开，原定下午五点结束，因为多方意见相左，争论激烈，会议延长，晚上八点才开始了晚宴。但晚宴的气氛相当热烈，高纪明书记在充分听取与会专家的意见后，一锤定音，明确了"无中生有"，自加压力，打造国家湿地公园，创建苏中（江苏）第一旅游品牌的溱湖开发方略。

苏州几个市（区）的朋友为什么都关心这样一个问题呢？现为泰州市财政局局长的戚才俊谦虚地说，"也许这是以小人之心度君子之腹"，常识告诉我们，苏州辖区内的周庄、角直、同里、盛泽、震泽、千灯、陆慕等

舟行碧波上，人在画中游

古镇，周边都有相当于，甚至大于溱湖的湿地与湖泊，苏州现在建成的 18 处湿地公园中起码有一半以上的规模和档次不亚于溱湖国家湿地公园，但是，江苏第一座 AAAAA 国家级湿地公园就这样既轰轰烈烈又悄无声息地在万亩溱湖落成了，而且，和中国历史文化名镇溱潼天衣无缝地融合在一起。显然，在守护生态、打造"金山银山"的单项建设项目上，高纪明书记带领姜堰人民摘了一枚功在当代、利在千秋的金牌。

还有一件事，高纪明担任泰州市人大党组书记、常务副主任时，北京市人大组团访问泰州，行程要求之一是考察溱湖湿地。双方见面时，北京市人大环境与资源保护委员会负责人反客为主，向同行的代表介绍高纪明，说高纪明就是她讲的那位"湿地书记"——她记不得高纪明的名字了，只好称他为"湿地书记"。这位女同志说，高纪明到国家林业局"上访"时，她作为国家林业局湿地处的工作人员参加了接待。那时湿地处是刚建立不久的处室，处里的几个人几乎都是刚大学毕业的新人，高纪明汇报湿地工作时的专业语言一套接一套，一环扣一环，比他们还懂行，他们几个年轻人听得一愣一愣的，因为，他们也才开始接触湿地保护的课题。所以，她现在任职的北京市人大要推进京郊湿地生态工作、为保护湿地生态立法时，她提议考察团来看看溱湖湿地，意料之外的是，第一站就巧遇了当年的"湿地书记"。

异想天开，把溱湖"搬到"县城来

古镇溱潼的旅游景点逐步盘活了，溱湖国家湿地公园开张了，一年一度的溱潼会船节 2004 年高调恢复了，高纪明又开始琢磨怎样解决另外一个棘手的难题——节日期间，特别是会船节期间游客的集散问题。会船节期间，15万左右的人群以及随之而来的车辆的集中和疏散，是一个不得不考虑的重大前瞻问题。邻县灯会重大踩踏伤亡事件，虽然过去多年，但教训犹在眼前，警示言犹在耳。就像《扬子晚报》记者张磊所说的那样，会船节那天，小汽车在几公里以外就走不动了，只好听从交警指挥，下车步行。张磊有所不知，从姜堰到溱潼的所有通道上都安排了值勤的交警，姜堰的警力不够，兴化、海陵、高港的警力都过来增援了。如何破解这一难题？2004年溱潼会船节"鸣金收兵"之后，高纪明工作中一有间隙，就拉着办公室主任陈文亚考察姜堰到溱潼的各种通道，大道走，小路也闯。陈文亚是个工作非常细致的办公室主任，他想，高纪明任职姜堰市委书记前是泰州市交通局局长，大概是他还在关心交通事业。但是，谁也搞不清楚他的葫芦里又要卖什么药。

岸上观者云集

4月下旬的一次市委常委会结束前，高纪明布置了下次常委会的主要议题：怎样才能把溱湖“搬进”县城？大家面面相觑，以为是高书记散会时让大家轻松一下的玩笑，谁也没有当回事。

一周后的一个晚上，市委常委会如期召开，高纪明重复了事先布置的议题：怎样把溱湖“搬进”县城？会前，大家都已经知道了高纪明的心思，那就是在县城姜堰与溱湖之间，开辟一条双向六车道的高等级直通公路，彻底解决大型活动时的交通拥堵问题。高纪明开场白之后，会场一片冷寂，谁也不肯发言。谁也不肯第一个发言的背后原因是，常委中除高纪明外，谁都认为没有修这条路的必要。一是不必修，当时县城到溱湖的通道已有三条：靖盐高速在姜堰和溱潼都有出口，西侧有姜堰至溱潼的专用县域公路姜溱公路，东侧有盐城至江阴大桥的省道可以借道。二是当时的县级财政实在负担不起。

大家不肯发言，高纪明只好先唱独角戏了。他直奔主题说：“大家都以为修这条路是锦上添花，可修可不修，或者暂时不修。其实，修这条路，既是防患于未然，又可以一下子打通姜堰与溱潼之间的南北快速通道。会船节期间姜溱公路上车顶车、人挤人的状况，大家不会忘记吧？路上的车大多是外地车，路上的人基本上是外地人。姜溱公路是在过去的抗洪圩堤基础上连接起来的，两边全是河流，如果出车祸了，车辆可能会一辆接一辆掉下河，人可能会一个接一个滚下去，外地客人都像里下河人一样个个会游泳吗？邻县灯会踩踏惨死27人的教训，我们忘记了没有？”高纪明不愧为交通局局长出身，他翻开他的笔记本向大家介绍：姜溱公路从姜堰至石黄，经桥头到溱潼，因当时的财力问题，利用原有桥、闸、涵洞和圩堤，曲曲弯弯，双向单车道，全长17.5公里，无法加宽，无法改造。

东线盐靖省道，一是无法直达溱湖，二是把姜溱两地距离拉得更远了。还有，东线盐靖公路是省道，西线盐靖高速是国道，关键时候缓解一下交通压力是可能的，完全依赖是要误事的。高纪明说，历史记载，民国十八年（1929），当时的国民政府就制定了姜堰至溱潼修筑公路的规划，终因"河港纵横、财力匮乏"，只能望路兴叹。现在，根据初步踏勘，从姜堰到溱潼的直线距离只有 12.5 公里，老祖宗的百年梦想，我们能否变成现实呢？南北 12.5 公里的通道，将辐射东西多少平方公里？带动沿线多少百姓致富呢？当然，我们现在口袋里的钱不多，但办事要分轻重缓急，修路是前瞻思维，是富民经济的抓手，没有钱可以借嘛，穷则思变，路通了，财会来的。俗话讲财路、财路，借财修路，路会引来财的……

纵横大道通溱湖

　　整整 20 年过去了，12.5 公里长的溱湖大道，已经成了现在泰州姜堰区的新地标。当年的市委常委、宣传部部长李卫国回首往事，感慨万千。他说，第一次听高书记布置下次常委会的议题时，真以为是个玩笑，好像还听人嘀咕了一句："高爹喝酒了，溱湖在溱潼，怎么搬到姜堰？"现在看看，12.5 公里的快速通道，单程 15 分钟到达，不就等于把溱湖搬到了姜堰，或者把姜堰搬到了溱潼吗？李卫国的老家就在溱湖大道东侧不远的地方。他说，溱湖大道开通以后，眼看着乡亲们富裕起来了。文艺作品里讲，火车一响，黄金万两。我们那儿是汽车一响，黄金万两。周围的邻居，眼见着砌楼房，眼见着买汽车，眼见着变了样。百年前的国民政府也有修路梦，但不敢借贷修路。国民党想干不敢干的事情，共产党的官员干了，干成了，想想，真有几分自豪！李卫国离开姜堰之后，担任过泰州市海陵区区长、兴化市委书记，现在是泰州市人大常委会秘书长。

　　整整 20 年过去了，回首往事，高纪明还是难掩当年的激荡心潮。他说，当时自己的心情也急切了一些，如果多一些沟通，多考虑几道破题方案，这件为民造福、为地方经济发展开道的好事，可能会办得更好一些。高纪明说，当时的市委副书记、市长杨杰的发言对他触动很深。杨杰表态发言时坦诚地说，作为市长，摸摸自己的口袋，这条路我不愿意修，或者说不想现在修。但是听了纪明书记一番情真意切的发言后，我不反对修，不反对现在修。高纪明说，当时有种如雷击顶的愧疚感，事前如果多一点沟通，多一点换位思考，多从各位常委的角度考虑一下议题，我们的事情肯定会办得更好一些，事业会更加成功一些。从这个角度看，一个领导班子精诚团结，同心同德，既坚持原则又互相补台，太重要了。杨杰真是个好同志，那时的常委班子真是好同志。

　　整整 20 年过去了，高纪明说，他总是难舍对溱湖大道的特别感情，尤其是退休之后，总是时不时地绕道停下来看看。不仅仅是因为这段路质量上乘，20 年中没有返修、没有大修，连打补丁的小修也很少；不仅仅是因为这段路修好以后，有关部门还风风雨雨地调查了他五六个月；而是一种情感，说不清、道不明的情感。去年秋天，他驱车经过溱湖大道时，看到路边的螃蟹市场非常热闹，就停下来走了进去。一个蟹农边卖着螃蟹，边和他搭腔，"这位客人是不是姓高？"高纪明说，是的，我姓高。高纪明也和老人就蟹价、收成、家庭情况唠了起来。蟹农打发完顾客之后，三两下麻利扎成一串螃蟹，诚恳地说，"高书记，我看着你像电视上的高纪明，这串螃蟹你一定得收下，我们靠卖螃蟹、靠溱湖大道发财了。"高纪明笑出了眼泪，这个老人家的螃蟹当然不能收。但是，高纪明有收蟹礼的记录，而且年年都收。送螃蟹的是溱潼镇的螃蟹专业户范龙锁，专业到什么程度？范龙锁名下的蟹塘面积达 1200 多亩，每亩按 130 公斤计算，年产螃蟹 15.6 万公斤。当时，这样一个蟹农的螃蟹销售遇到了问题，这样一个溱湖簖蟹养殖大户的产品鉴定遇上了麻烦，正巧碰上下乡调研的高纪明书记，一切困难岂不迎刃而解？范龙锁无以为报，将当年的公母蟹王送给了高纪明。高纪明入乡随俗，也按溱潼规矩，挑上好的烟酒回赠范龙锁。这样的互相礼送，一年接着一年，一直延续到现在。有所不同的是，在职时，范龙锁送来的螃蟹，高纪明总是让工作人员拎去食堂，做成蟹黄豆腐、蟹粉鱼饼，供大家分享。退休了，有时候让人送去敬老院，有时候找几个朋友来边品蟹边喝两杯。

　　整整 20 年过去了，溱湖大道一直是家乡游子在外地聚集时的思乡话题之一。以往，假日节庆期间，从外地回乡的同学、亲友想在家乡搞一次聚餐需要提前邀约，需要提前打理船票、车票，有时还要提前预订住宿房间。现在好了，姜堰—溱湖，15分钟直达，饭局之后，来一局掼蛋再回家也不迟。而且，溱湖大道被拉长了——南延的双登大道直抵梁徐，北接的湖镇大道伸进古镇溱潼中心，这条干线真正成了姜堰全区的南北通衢。有游子建议，这条路应该命名为"高纪明大道"。有游子反驳："你这是酒话，中国不兴这一套。一般情况下，道路是不能以人的名字命名的，特别是领导同志的名字。让人把这段历史记下来才是正道。"我与一个20年前参与决策与建设的当事人谈到这个话题时，这个老同志连连摇手，"不要，不要！现在想起那时的场景，都感到双脚发麻，两腿发酸发软……"

第九章

高书记的"高"（B）

"当配角， 一定要有主角的责任意识"

上一章里那位提起修建溱湖大道的往事就脚发麻腿发软的老同志，就是这一章的主人公高永明，当时的姜堰市委副书记。姜堰的同志有时用"一高"指代高纪明，"二高"指代高永明。

高永明说，他是溱湖大道工程建设指挥部的常务副总指挥，这是一项短平快的民生工程，也是一项利在百姓的民心工程。但问起建设过程中的酸甜苦辣，他连连摇手，说，只有四个字，"怕谈以往"。一再要求之下，他说，就介绍其中的一天吧。2005 年 4 月的一天晚上，常委会决定启动溱湖大道建设工程，次日，高纪明书记就出差了，说一周后回来就着手举行开工典礼。临行前交给高永明的任务是摸清楚 12.5 公里通道上所有农田青苗、房屋及需要拆迁的建筑物的户主，必须与每个当事人见面，草签协议。偏偏那一周原先分管范围内的会多、事多，等到可以抽身来完成青苗户主探访任务时，离高纪明书记出差回来仅剩一天时间了。"军中无戏言"，在姜堰，"一高""二高"都是踏石有印、说话算话的叮当响人物。高纪明回来的前一天，高永明带着跟班秘书，与沿线镇、村、组的相关干部分别约定了见面的大致时间，一大早就从南向北开始了踏勘。那一天基本上是：遇到河，上船；遇到田，丈量；遇到房屋棚舍，坐下来谈判。

12.5公里的直线距离，来回往返，实际里程应该是两至三个12.5公里。所以，他那一天晚上回到家的时候，裤子上满是泥水和混杂着青苗的绿汁，一双旅行鞋快脱底了，只得脱在门外。高永明说，什么时候想起那一天，双脚都感到沉重得发麻，双腿都感到又酸又软。

所以，书记高纪明常常在高永明不在的场合夸赞这名副书记，说永明书记是个很好的副手，不越位，不抢位，却能在配角的岗位以主角的意识，创造性地完成分内分外的任务。高永明听说后，也不谦虚，说这是付了学费的，是教益，也可以说是教训。如果你追问下去，他也会坦然地与你分享一段他的亲身经历。

2002年4月6日，溱潼会船节由古镇南边的大河，第一次转移到喜鹊湖举行。转移会船场地的原因是，随着溱潼会船声名鹊起，参加船会的船只越来越多，岸上观众的人数年甚一年，会船节的规模也就越搞越大。镇

溱潼会船

南河道的河面不够宽阔，河道纵深也不再适宜太多船只参加比赛，加之喜鹊湖的旅游开发已经风生水起，有了良好的开端，所以，市政府决定，从2002年开始，将溱潼会船节的举办场地转移至喜鹊湖度假村的浩瀚湖面上。这样，规模空前的2002年溱潼会船节在万亩喜鹊湖摆开了战场。时任副省长姜永荣是从原来的泰县县委书记位置上走出去的老领导，对溱潼这片土地特别熟悉、特别有感情，也特地应邀回来参加这届会船节开幕式。开幕式前的暖场活动之后，姜永荣副省长宣布本届会船节盛大开幕，湖面上的数百条贡船、龙船、篙子船、划子船，在沿岸数万观众的欢呼声和欢快的音乐声中向主席台有序移动。突然，打头的贡船在接近主席台的时候，停下来了，搁浅了，走不动了。后面的船队不停地向前方驶来，湖面上全乱了。指挥部小轮船上的高音喇叭这个时候也失去了指挥功能。策划准备了数月的2002年溱潼会船节，因为前排的贡船搁浅，无法继续举行，在姜省长高声宣布开幕之后不久，就尴尬地匆匆"闭幕"了。

从1997年担任姜堰市副市长起，高永明一直是溱潼会船节的水上总指挥。这一天，憋着一肚子气的姜省长拂袖离开溱湖的时候，朝高永明好好地瞪了一眼。车行数米，姜省长又让司机停了下来。他走下车，招手叫来高永明，一手扶着车门，一手指着他的鼻子低声说道："书记（指时任姜堰市委书记）一直是机关干部，市长是外地来的，你是土生土长的里下河人，你是干什么的？当配角，一定要有主角的责任意识，这是对人民负责。这件事，我跟你高永明没有完！"高永明说，他当时无地自容，用溱潼话讲，恨不能头往裤裆里钻。他有他的苦衷，他是俞垛人，对喜鹊湖水下的地形地貌不了解。以前只听说喜鹊湖是什么"九龙朝阙"，是喜鹊啄了小龙王的眼睛，龙摆尾扫出来的大湖，哪晓得湖西庄人多年挖土制砖制瓦，好土挖掉了，芦苇根多的地方留下来变成了一道道水下的暗埂。再加上对那一年春季枯水落差没有充分估计，阴差阳错，才酿成如此重大的失误。事故原因上报省水利厅和省政府后，因为溱湖是泄洪通道和省级三大低洼地区，在姜省长的关心和协调下，省水利厅下拨专项经费，要求干湖清淤，疏浚泄洪通道。

高永明说，溱湖干湖疏浚的时候，敬爱的姜省长已经因心脏病突发，永远离开了我们。他在指挥开掘拓宽会船赛道的时候，多想姜省长再来朗声宣布新一届会船节的开幕，多想在恢复放水的时候请他乘坐画舫体验一下他非常关心的湖镇互游。姜省长生前回乡时多次叮嘱大家，溱湖是上苍赠予我们的瑰宝，只能保护，不能破坏，要在保护性的开发中发展旅游产业，为地方经济服务，为溱湖人民造福。

高永明说，干湖季节，他几乎踏遍了万亩溱湖的湖底，一边走，一边情不自禁地回忆起姜省长的音容笑貌。姜省长是个出身农家、工作实在、爱憎分明、幽默风趣的亲民省长。他在扬州工作时的驾驶员带着孩子去南京看他，他亲自下厨，做了一道驾驶员孩子爱吃的溱潼青菜烧牛肉。出差途中，他和同伴们一道打牌，手气不好，他的"小动作"来了，又是偷牌，又是耍赖，对家恼了，拔腿就跑，他一步跨到门口，把对方拦腰抱住，"'老九'不能走，走了就是三缺一，玩不成了！"重新坐下之后，他又是发烟，又是喃喃自语："老姜老姜，太不像样！"半是自嘲，半是道歉，重复第二遍的时候，大家扑哧一下笑了……姜省长就是这样，万吨钢化绕指柔，质朴的语言，坦诚的心胸，化解了生活和工作中的诸多疑难问题。譬如这句让高永明受用一辈子的教导：当配角，一定要有主角的责任意识，这是对人民负责。

高永明在原来的泰县俞垛乡任过村支部书记、乡党委书记。担任姜堰市副市长以后，在市委副书记、市政协主席、市人大常委会主任等不同岗位上，先后陪伴了六名市（区）委书记。江苏省委改革办副主任何光胜曾挂职姜堰，担任了多年的市委副书记，他这样评价过高永明：如果全国的县（市）委书记也有个百花奖、金鸡奖、飞天奖评选什么的，高永明绝对是最佳男配角的有力冲击者。

担心着干事，才会有"开心一刻"

因为从乡党委书记任上升任副市长，因为从小在农村长大，虽然高永明1997年之后的工作分工有多次调整和变化，但农业和农村工作一直是他协调的主项。理所当然，涉及农村和农民的会船节事宜，也就在他的职责范围内了。屈指算来，从1997至2024年，28个年头，除2003年干湖清淤与2020年和2022年因新冠疫情停办，高永明担任了25个年头的水上总指挥。高永明1957年出生，2017年退休，也就是说，他在退休之后，还在水上总指挥的位置上"超期服役"，干了六年。

谈到当了25年水上总指挥的体会，高永明说，两个字，担心。如果再加两个字，就是时刻担心。从第一年开始就担心，一上船就担心。姜堰行政区划调整前，西北角的叶甸、马庄镇，水路距离溱湖38公里，即使是用机动船把赛船拖到现场，也要四个小时。四个小时的水上行程，农民兄弟们下半夜风餐露宿在无遮挡的赛船上啊！而且，他们有很长一段路程航行在交通繁忙的泰东河上，经常与大吨位的轮船和驳船交会，安全问题令人十分担忧。所以，比赛当天，高永明凌晨四点离家，乘车

水上指挥

到会船现场后，先登上指挥船去 10 公里以外的泰东河上巡视一圈，看看泰东河上的风浪，看看泰东河上往赛场集结的队伍。那个时刻，在哪儿都坐不住，坐在哪儿都心神不宁，只有在泰东河上看到披着棉衣、蜷缩在船舱的农民兄弟，看到一队队赛船有序而来，他才感到踏实，才能稍微放点心。

水上总指挥的重头戏在开幕和比赛现场。主席台一旦宣布会船节开幕，就类似于天安门前的阅兵式开始，把下面的活动流程和场面把控全部交给指挥船、交给总指挥了。俗话说，"行船走马三分命"。意思是讲，水上行船就像陆地骑马打仗一样，是有一定危险的。况且，几百甚至是上千条船，就是万名甚至两万多名农民"运动员"，这是名副其实的千船万人、千军万马！所以，这么庞大的水上队伍，其对指挥能力的高要求也就可想而知了。讲一个细节，民俗中赛船在水上是不能像碰碰船那样相互碰撞的，擦一下也不行。所以，船与船之间的距离，船队与船队之间的距离，贡船、龙船、篙子船、划子船之间的间距，都要根据当天的风向、风力等相关因素综合决定。赛船现场，赛道上的规则就更加细致和具体了。以前民间自行组织的会船节容易发生械斗，很多就是由于不慎碰擦引起的。还有，会船节上有个专用术语，"佯篙"，听说过没有？佯，佯装的佯。会船节上，参赛的船盛装打扮，参赛的人服装讲究。就像孔雀喜欢亮羽毛一样，参赛的船和人也会千方百计出招吸引观众的注意，特别是要引来主席台的掌声和欢呼。因此，他们有他们的默契，看似按节奏下篙行进，其实是下篙不下力（不使力气）。一旦遇到这种情况，总指挥必须使出"撒手锏"立即制止，否则就会酿成追尾之类的事故。

逐春潮

　　水上发生碰擦、追尾之类的事故的概率是远超过岸上的。2024 年会船节成功举办之后，水上总指挥高永明指着一旁的区委常委、政法委书记李伯群说，这是明年的总指挥，老夫交班了。李伯群马上双手紧握住高永明的右手，"不能、不能！好几天过去了，我在船上悬着的心好像还没有放下来"。李伯群此前也曾担任过溱湖风景区党工委书记，但他 2024 年是以"水上见习总指挥"的身份登上指挥艇的。他说，水上跟岸上的感觉完全是两回事，浪头打来，感觉站都站不稳，双手抓不到扶助的东西，就像要跌入湖中一样。李伯群说，岸上行车，最怕刮蹭、最怕碰撞、最怕车祸。水上行船，颠颠簸簸，好像随时都会刮蹭，随时都会碰撞，随时都会有"船祸"。他说，他想建议相关领导干部都上船去体会一下，什么叫临场指挥、什么叫随机应变、什么叫当机立断，体会一下永明书记的担心和 25年水上指挥零事故的艰辛。

　　还有一个每年为会船节担心、祈祷的人，叫王阿英，退休老师，高永明的老伴。按理讲，她是不应该求神拜佛的，但是，每年会船节举办的这一天，她从凌晨零点开始就净手焚香，磕头拜佛，祈求春风和煦，祈求天气晴朗，祈求不出事故，祈求会船成功。她说，她不敢去现场看会船，一听到高永明在喇叭里"鬼叫"就心慌，害怕出事故。她说，出了事故对不住父老乡亲，自己良心上也不得安宁。她说，高永明凌晨四点钟一离家，她的心就拎起来了，一直要等到他回来。她还说，也不知道是高永明人好、运气好，还是她心诚则灵、烧香有效，20 多年来总算没有发生什么事情，明年无论如何不能当这个总指挥了，清明节前提前扫墓，祭拜好老祖宗以后，拉他到南京陪两个小祖宗（孙女）去！

　　当然，作为每年会船节的水上总指挥，高永明也有开心的时候，那就

沸腾的水乡

是成功举办之后，走在路上不停地接受人们的祝贺和祝福。还有，看到家家户户接待到访的亲友，他作为地方主官，心中有一种说不出的快慰。这一天，整个姜堰地区，宾馆里一床难求，饭店里一桌难求，街道上停车车位难求，大街小巷，喜气洋洋。这是一种欣欣向荣的象征。如同一个家庭要借助生日、节庆、迎送等名义经常搞点聚会一样，一个地区也应该打造自己的特色节日，凝聚民心，凝聚人气，拉动经济，推动社会发展。

　　大约是 2005 年会船节成功举办的晚上，我也和高永明、李卫国等一起享受了"开心一刻"。李卫国当时是宣传部部长兼会船节办公室主任，邀请水上总指挥与媒体的朋友共进晚餐。席间，中央电视台一个记者忽然禁不住自己笑出声来。他说，这次到姜堰来开眼界了，不仅看了令人震撼的会船大赛，下午剪辑新闻时还有意外的精彩镜头。在大家的一再追问之下，这个记者说，他发现毛片中一支旗袍队的女性，不少人竟有四只乳

193

房。李卫国连忙出面"解密"。旗袍队是俞垛镇的女子篙子船队，她们在穿上旗袍训练的时候，感到原来的胸罩与旗袍有点不搭，于是，机灵点的女性就起哄，找书记要胸罩去。会船节开幕在即，镇党委书记黄健全被旗袍队的篙子手"叽叽喳喳"一叫唤，也没了别的主意，让办公室主任到南京买去，拣好的买。办事的是个小年轻，一是不懂胸罩也有大小不同的尺码，二是时间紧张，商家来不及组织货源，采购人员在南京金鹰商厦把几个内衣柜台的胸罩全部打包带回。见到从南京购回来的胸罩，旗袍队"疯"了，管它尺码合适不合适，每人抢到了一只。这样，次日会船赛场上，旗袍队员们篙起篙落之间，尺码大小不合适的女性，胸罩不是蹿上去，就是滑到了下面，在电视中就出现了疑似四只乳房的画面。有人打趣，中央电视台如果配上一段纪实的文字，再补拍几个会船比赛之前的镜头，认真剪辑一下，也是充满生活乐趣的"开心一刻"。

用温情点燃激情

2005 年清明节，溱潼会船节开幕式圆满结束以后，高纪明送别参加盛会的国家体育总局原局长伍绍祖。两人离开观礼台的时候，环湖大道上迎面走来从指挥艇登岸的高永明，高纪明向伍绍祖介绍高永明，说这就是我们的水上总指挥，也是水上的总导演。伍绍祖与高永明握手之后，双手迅速竖起两个大拇指，"了不起，了不得！"在询问了当天的水上规模为1000多条船、2万多名"运动员"后，他说国家体育总局办不了这样的大型水上运动会，办不了，也不敢办。首先，安全就是个大问题。这位 1988 年接受授衔的人民解放军少将，似乎又想起了刚才千船争流、万篙林立、激

云水激荡

情奔涌、山呼海啸的盛大场面，他探询性地向高永明问道：这么多人，怎么训练的呢？听说他们都是农民，我们海军训练也没有这样的规模！

是啊！伍绍祖将军问了一个很专业、很难一下子说清楚的问题。2万多名"泥腿子"农民，1000多条浪里来、水中行的大小船只，几乎连合练、彩排都没有的大戏（或曰"水上庙会"），是怎么能做到每年都如此这般成功地激情上演的呢？

历史上担任了五年会船节办公室主任的李卫国，从宣传部部长的角度给出了一个比较准确的回答：用温情点燃激情。会船，本是民间祭祀文化中的一种自发性活动，除了祭奠祖先之外，也带有自娱自乐的成分。为什么改革开放之后，里下河农村的会船活动年盛一年，越搞越大？这很大程度上反映了农民富裕起来后新的精神追求。这个时候，政府该做的事就是顺应民意，推波助澜。李卫国说，政府接手会船节的组织后，他们在调研工作中也发现，民俗中参加一次会船活动，必须连续三年不离队的说法，越来越成为一项保持队伍稳定的"软条条"，特别是在年轻人涌向城市，农民队伍日渐老龄化，农村日渐空心化的时候。因此，政府千方百计多做鼓励和激励工作，在做会船节的筹备组织工作时，由单纯的组织协调逐步向奖励和适度发放薪酬过渡。刚开始的奖励是微不足道的，市政府奖励总额开始是 50 吨化肥，获奖船只上的农民只能用竹制的淘箩分得一点化肥。但是，就这么一点物质刺激，也让当时的农民朋友们快乐无比。旗袍队之类的女性们，现在不仅是配胸罩了，她们还兴奋地透露，因为在湖上几个小时无法方便，以前上阵只吃点干饭，想方便就忍着，现在阔气了，政府给她们"武装"了尿不湿。至于训练期间的误工补贴，谁都不肯单独领走，统一存放。会船节举行的那一天下午，太阳还挂在树梢上的时候，以船为单位，人们就开始大碗喝酒，大块吃肉，直喝得天昏地暗，直吃得歪歪倒倒。这当然是不值得提倡的饮食习惯，但不要责怪我们的农民兄弟和农民姐妹，这是他们一年一度的集体狂欢，这是他们丢弃过去、拥抱未来的盛大宣誓。里下河人生性豪爽，真诚坦荡，一年中的牢骚、委屈、误解，新一年的祈求、期望、合作，往往在几杯小酒中就全部稀释、一一落实了。当然，晚宴的高潮是地方领导来敬酒的时候。这一天，村领导要到各条船聚会的地点招呼招呼，镇领导要轮流选择村里的聚集点拜谢拜谢。普通老百姓与村镇甚至是区领导的交流，往往在这种时候最为直接，留下的印象最深。高永明曾在村、乡（镇）、区（市）的不同领导岗位上工作，这样的场合是经常要去看望看望的。大家还记得吗？本书第一章《水上狂欢的"狂"》中有这样一段记述：村支书执行"指示"，想"堵"群众会船，被群众捧着屁股扔到河中，村支书找乡党委书记告状，乡党委书记没有批评群众，让村支书先洗澡换衣服，然后请他喝酒压惊。这个乡就是当时的俞垛乡，这个乡党委书记就是当年的高永明。25年水上总指挥的生涯里，高永明的足迹更是遍布姜堰的村镇和农家。所以，李卫国说，永明的声音在湖面上的喇叭中一响，千舟万舸，指向哪里，冲到哪里，令行禁止，无往不胜。

如此威严，高永明是一副什么模样？也是那次路遇伍绍祖之后，中国作家协会副主席高洪波在湖边遇上了高永明，高洪波后来在题为《水的盛典》的散文中有一段描写："水上盛典结束了。偶遇一位脸颊黑红的汉子，桐淦介绍说这是活动总指挥，姜堰市委副书记高永明。高书记朴实地笑道：'早上四五点钟人们就上船了，为的就是会船节上赛船，荣誉高于一切！这些活动全是各村自发组织的，老百姓高兴得很。'"

第十章

“高”书记的高（C）

接过"头篙"，撑出一片新天地

　　姜堰有一家网友关注度颇高的自媒体：三水网。三水网网站的站主两年前就在网上发帖讨论"溱潼会船还能走多远?"。作者以前瞻式的思考，提出了一个令人担忧的问题，溱潼会船面临着后继无人的危险。站主韩璟是个本地出生的"80后"年轻人，在帖中上传了一段20多年前会船节的视频。小韩说，他很小的时候就对溱潼会船节着迷了，在2011年三水网

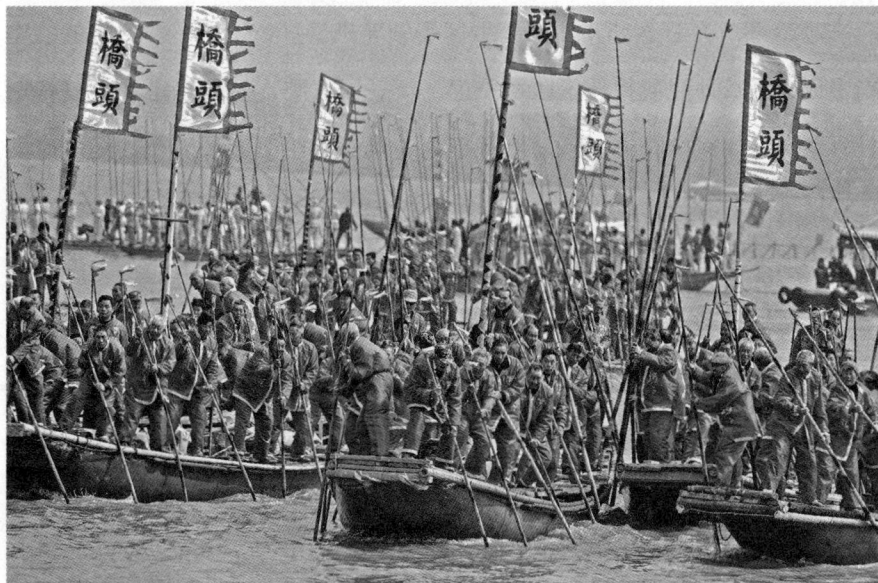

会船选手渐趋老龄化

创立以后，每年会船节前后他都大量发帖，为家乡的节日盛事鼓与呼。从一年一年的视频资料中可以看出，现在的会船节规模大了，排场讲究了，声、光、电等现代科技元素也用到贡船上了，但 90 年代农民身上洋溢着的青春、激情、活力等可见可感的精气神，却越来越少了。小韩深入船头一了解，有相当一批农民朋友从三四十岁时开始撑会船、划会船，现在已经是 60 奔 70 的人了，有的船上全部是 60 岁以上的农民，个别船上甚至有 80 岁的选手。

其实，会船选手老龄化的问题，反映的是当今农业和农村存在的普遍问题。今天的乡村，道路规划齐整，农民新村敞亮，远远看去，一派欣欣向荣的景象，但是走近观察，农民别墅里走出来的，不是老人就是儿童，青壮年男女大多奔城里创造财富去了。这就是所谓的农业和农村空心化的问题。所以，近些年来，一年一度的溱潼会船节，举办的难度一年甚过一年，成了压在姜堰区领导肩头较难完成又必须完成的重任。

2023 年 9 月，泰州市委对姜堰区委领导班子进行了调整，原来的区委副书记、区长孙靓靓担任了区委书记。新一届区委、区政府班子的工作千头万绪，但如何举办一届新的、有特色的溱潼会船节成了区委、区政府的重要议题。2023 年底，在介绍第十七届中国湿地生态旅游节暨 2024 中国泰州姜堰溱潼会船节的筹备情况时，孙靓靓书记说，溱潼会船是姜堰人民心中分量最重的"乡愁"，溱潼会船节是姜堰历届领导精心打造出的金质品牌，到了我们这一届区委、区政府手上，不仅要继续办好，而且要出新，要办出特色。新一届会船节有一个关键词：守正创新。守正，本届与往届一脉相承，沿袭过去政府组织、群众参与的传统模式，吸引人气，凝聚民心，会船为媒，发展经济。创新，一是打破传统，组织 3000 名机关事业单位青壮年参加会船活动和会船竞赛。二是打破格局，邀请邻近市

（县）的代表队参加会船节开幕式和竞赛表演。

守正，相对好办，参照过去，一切如仪，皆大欢喜。

创新，难在"创"字上，不破不立，但破了旧的，新的能够得到认可吗？

创新之二是容易得到社会认可的。兴化市的戴南、茅山、周庄，东台市的溱东、时堰，海安市的白甸、沙岗，这些毗邻溱潼的乡镇的会船习俗本就与溱潼会船同宗同源，基本上都是纪念岳飞抗金和家族祭祀的延续，历史上常有竞赛交流的友好记录。近些年来，有关职能部门考虑到群众聚集的安全问题，在管理上对跨地区的大型群众活动有所约束。假如履行一定的报备手续，加强安全方面的管理和沟通，把溱潼会船节办成跨地区的民俗文化活动，必定会给"天下会船数溱潼"添上浓墨重彩的一笔。

2024 年会船节一瞥

创新之一就有点复杂了，让机关干部参加会船的动议刚一提出，不少人心中就默默地打了问号。800多年以来，会船活动都是与乡村、与农民紧密联系在一起的，怎么一下子乾坤颠倒，与城里人、与机关干部"捆绑"了起来？延伸思考下去，"行船走马三分命"，让坐办公室的、拿笔杆子的站到风浪中的船上，还要操篙竞赛，这不分明是赶鸭子上架吗？即使是年轻人，体验体验可以，但在一两个月的时间内，从适应站船、学会用篙、撑船培训、"带妆彩排"到正式参赛，是不是有点像纸上谈兵，是不是有点像天方夜谭？

有的人带着疑虑，有的人带着不解，有的人感到新鲜，有的人感到兴奋。但不管怎么说，新一届会船节的筹备工作，在区委、区政府有条不紊的部署下，紧锣密鼓、如火如荼地开展起来了。

不是有人调侃一两月内完成从旱鸭子转变为篙子手是纸上谈兵吗？这一次的培训工作真的是纸上谈"兵"了。组委会邀请出身农村的退休中学教师徐传武、王万茂、刘和林等人，在最短的时间内编写了《篙船入门指南》。这本32开的入门指南只有12页，用简洁、生动、准确的语言罗列了从篙船配置、船员结构、行进制动到比赛条例，从适应性训练到篙手、锣手、舵手、头篙、二篙、梢篙的职责，从落水应对、晕船应对到水上活动指令的应对与执行等，会船活动中的各种情况及应对措施，都写得清清楚楚。细细想一想，这真是一次富有创意的纸上谈"兵"——关于会船比赛的兵事。接受培训的都是具有相当水准的文化人，一册入门指南放在口袋里，训练时随时对照问题，工作之余还可以掏出来体会体会。为什么说此举富有创意呢？曾有人用农村人学骑自行车比喻城里人学撑船，这一比喻非常恰当。试问，我们有谁购自行车时得到过一册或者一纸"骑车指南"？农村孩子学撑船，和城里孩子学骑自行车一样，基本上都是自己摸索、自己训练之后的无师自通。但是，碰到3000名"城里人"要在短时间内速成为篙子手的棘手问题，这一册《篙船入门指南》就胜过金庸武侠小说中无往不胜的《葵花宝典》了。在这一届会船节取得莫大成功的时候回望，我们应该为这个小小的金点子点赞。

再说天方夜谭。这是从一个只有小学文化程度的70岁农民口中蹦出的金句。与编写《篙船入门指南》同步，这次对3000名后备篙子手的培训，还配备了数十名教练。教练都是经验丰富的撑会船的老把式，他们不是船上的头篙篙手，就是与取胜有密切关系的锣手或舵手。3月23日，周六，是区级机关代表队利用假日训练的日子，我应约提前来到喜鹊湖边的训练营地，教练们已经抢在营员训练前半小时到场。彼此一见，乐了，好几个是我儿时的伙伴，孙冬林、徐邦俭、童中圣……他们有的担任过多年的村干部，有的一直在村里务农，但都有一个共同的特点——用童中圣的话讲，会船时节，只要听到铜锣一响，家中天大的事情都会放下，抓起竹篙就向自己的赛船奔去。童中圣是我的小学同学，小学没毕业就回乡务农了，能说会唱。他一见到我就朗声招呼："天方夜谭，我小学没有毕业，现在做大学毕业的区级机关干部的'篙导'（篙子船导师）了！"，引得周围笑声一片。由他们这些能说会道、拥有丰富实战经验的篙子手担任教练，用里下河地区的一句歇后语来说，那真是"三个指头抓田螺，手到擒来"！

接受培训的年轻机关干部、教师、医生和其他人员的收获如何呢？我们不妨来听听他们的感受。

3月23日，在湖边训练营地，我随机和准备登船训练的小伙子潘昌惠聊了起来。他是区财政局参赛队的，1988年生，兴化人，十来岁时在外公家学会了一点撑船的技巧，那时是瞎玩，这次是正规训练，很认真，有点像"重操旧业"，练上几次就得心应手了，好像又回到了童年。站在小潘旁边的何天豪也是财政局队的，1998年生，东北一所大学毕业后来姜堰工作刚两年。他说蛮兴奋的，自己刚上船时站立不稳，现在可以在风浪中稳立船头。他刚开始不知如何操篙，现在已明白了头篙和梢篙的重要性。小何还津津有味地介绍什么叫"靠船下篙"、什么叫"一锣一篙"、什么叫"锣响篙下"、什么叫"篙篙相应"……小何越说越自豪，"有一种跳集体舞的感觉，像一场盛大的水上踢踏"。

中学高级教师张明亮的文字如他的名字一样，准确鲜明，有铁马金戈的感觉。他把自己刚接受训练时的情景，记录在《泰州晚报》的副刊《坡子街》题为《篙起篙落》的散文里：

> 我们并没有一开始就上船学习，而是先在岸边听专家的技术指导。专家是有着几十年撑船经验的老船工，他不慌不忙、耐心细致地给我们讲解撑船的方法、技巧以及注意事项。包括竹篙怎样拿，怎样下篙，怎样起篙等。他说，一条会船上安排二十六人，其中舵手一人，锣手一人，篙手二十四人。篙手分站在船的两侧，对称排列。当锣手敲锣两声，大家要各就各位，做好准备；当锣手敲锣一声，大家就一齐下篙，发力撑船；当锣手敲锣三声，大家就收篙扬篙。扬篙时，要挺胸抬头，目视前方，手握长篙，巍然站立。要像戏曲舞台上的亮相造型，给人英姿飒爽、威风凛凛的感觉。还要让人远远看去，整个篙船队伍竹篙如林，气势非凡，俨然有沙场点兵的雄壮气势。

再来听听一名在读硕士研究生参加篙手培训的感受。北京师范大学研究生陈昕是溱潼镇双星村人，她的毕业论文选题方向是溱潼会船与非遗传承。本来她是利用寒假和春节开展社会调查，为毕业论文的撰写积累素材和资料的，看到今年会船节筹备工作的重大变化——一大批年轻人加入了培训的队伍，陈昕心一热，这不是最好的社会实践和社会调查吗？于是，她也申请加入了培训的队伍。又是政府官员又是杰出自媒体人的谢志宏采访了陈昕，小陈说："这几年，我看家乡会船，篙手们都是爷爷、奶奶辈的人，曾担心会船难以传承。今年的会船活动，吸引了来自各行各业的年轻人参与，全民运动，全民参与，不但让溱潼会船这一非遗项目'活'了起来，而且在传承问题上，也让我们看到了希望，我的毕业论文也'活'了，我非常兴奋！"陈昕这一次担负的是所在赛船的二篙任务，活泼干练，英姿飒爽。

张甸镇机关队的参赛经历，有着另一番特别的意义。张甸地处通扬河南，邻近泰兴市，属于高沙土地区。与溱潼地区多河、多水、多船相反，张甸一带少河、缺水、基本无船。因此，让张甸人组织船队参加会船活动和会船竞赛，那就不仅仅是赶鸭子上架了，是赶旱鸭子上架。但是，张甸镇机关队不仅在100条机关船队中表现突出，而且在随后的会船竞赛中奋勇争先，先是作为"黑马"，在预赛、资格赛、半决赛中闯进前十名，在最后的决赛中更是发挥出色，夺得了第二名的优异成绩。张甸镇总工会主席蔡鹏毅说，区领导总结的会船精神太精彩了，"步调一致向前进，躬身实干争头名"。干事业一定要步调一致，埋头躬身，实干争先。张甸正在创建省级特色田园乡村，建设美丽宜居示范村镇，在做大乡村旅游产业的同时，助推乡镇振兴。张甸与溱潼在资源、环境、人文等方面大不一样，但发扬会船精神，做大振兴文章，是一致的，所以，张甸镇机关队在会船精神的激励下，取得了比赛的好成绩。

100 条赛船中冠军队的诞生，也是充满悬念，包含着不少故事的。为了吸引游客，带动旅游，4 月 6 日的会船节开幕式上，100 条赛船只是进行了声势浩大的表演赛，真正的决战是在会船节开幕式后一个月内的每一个周末。这一个月是春季旅游的旺季，为了方便游客了解和观赏溱潼会船，组委会特地将 3000 名年轻人赛船的预赛、资格赛、半决赛，安排在每周周六、周日的黄金时间进行，五一长假期间举行扣人心弦的决赛。每一轮比赛下来，冠军队的预测都会发生变化。一会儿是交通队，因为水上交通监理的小伙子们整天就在水上"飞"。一会儿是溱潼镇队或相邻乡镇的机关队，因为会船是他们的本土文化，就像奥运会的射箭金牌多在韩国、柔道金牌多在日本一样。还有的认为"黑马队"在文体广旅局，因为据说他们有一支船队的篙子手，全部是爆发力强的运动员和经验丰富的项目教练。哪知，最后的结果让人大跌眼镜，冠军花落教育局代表队，一群手执教鞭的书生捧走了冠军杯。不过，也曾有传说，这不是一群普通教师，是全部来自里下河地区的本地教师，而且是体育教师。这就好理解了，里下河人本就从小操船弄篙，再出去学一个体育专业，十八般武艺齐全，当一名篙子手，岂不是如同孙悟空玩如意金箍棒一般。我是五一期间在南京听到这一信息的，认为可信，电话中向区政府新闻办副主任石益华求证。哪知，益华说，对了一半，冠军队是教育局的，但不是体育教师队，也不全部是里下河人。接着，石益华发来了一个视频，视频标题为《我们是冠军队》，仿佛专门是为我解疑的（其实也为了澄清社会上的误传），视频中的人激情洋溢、英姿勃发，每人一句话，"我是生物老师……""我是语文老师……"我做了件傻事，回看三次视频，用画正字的计数方式，大

2024 溱潼会船节

致弄清楚了，26 人中，语文老师 3 人、数学老师 3 人、外语老师 2 人、政治老师 2 人、物理老师 1 人、化学老师 2 人、历史老师 2 人、生物老师 2 人、地理老师 1 人、科学老师 2 人、美术老师 1 人、幼儿园老师 1 人，体育老师稍微多了一点点，4 人。就是这样 26 名青壮年老师的组合，在 2024 中国泰州姜堰溱潼会船节上，书写了 250 米赛道 1 分 57 秒的创会纪录。

至此，我们对 2024 年溱潼会船节，特别是对 3000 名旱鸭子下水能否成功的疑虑，应该烟消云散了。现场 10 万名观众的欢呼，网络上 6700 万人（次）的围观，就是对这届会船节空前成功的高度肯定。民间对区委孙靓靓书记有这样一种夸赞：孙书记用兵出奇的"高"!

这也是这一章标题的由来，其实，这一章的标题应该是"孙书记的'高'"!

"高"在哪里？

高在逆向思维。这是在姜堰发展的道路上逆向思维取得的又一次决策成功。什么是逆向思维？将对事物的已有思维定式反过来思考就是逆向思维。当所谓的合理存在遇到麻烦，或无路可走时，反其道而思之，让思维向对立面的方向发散，从问题的相反方面深入探索，寻求对策。这种突破了旧的思维定式的探索和思考，易于打破旧框框，易于找到新路子，特别是在产生不同意见和争论的时候，往往能在思维碰撞的山重水复之中，柳暗花明，别开新面。2003 年，高纪明在非典封路、国内外旅游市场一片萧条的时候，力排众议，提出姜堰旅游兴市的发展方针，是一种典型的逆向思维。2024 年，孙靓靓在参加溱潼会船节的农民严重老龄化、人员匮乏的时候，集思广益，果断决策，在农民队伍中注入 3000 名城里人的"新鲜血液"，也是一种典型的逆向思维。

孙靓靓在介绍区委、区政府的决策过程时说，作出这样的决定，首先是因为有着双重危机意识。一方面，里下河地区城镇化以后，河湖港汊被不同等级的道路、桥梁"网格化"了，原先舟船出行的交通习惯改变了，操篙摇橹不再是人们必备的生活生产技能，不仅年轻人不会，对于中年人中的大部分人来说，操船弄篙也成了遥远的记忆。另一方面，相关部门有一个比较准确的统计，近年来参加会船的农民篙手，60 岁以上的人数超过了 80%，出现了严重的老龄化问题。这是什么概念？青黄不接，双重危机，如此延续数年，"世界上最大的水上庙会"的盛况将不复存在。其次是责任意识，用一个词来形容，叫"使命在肩"。提起姜堰，可以贴上各种各样的标签，但你怎么选择、怎么组合，都少不了溱潼会船。溱潼会船是姜堰最吸引人的标签，最叫座的乡愁名片。外地人留下的记忆是难忘的震撼，游子们谈起来是滔滔不绝的乡恋。孙靓靓说，她刚到姜堰工作时很难理解，为什么到了清明前夕，男的女的，关心的话题都是会船和会船节，现在明白了，这是溱潼人、姜堰人一种独特的家乡记忆和文化图腾。自 1991 年以来，姜堰历届县、市、区的党政一把手，都把当年的会船节看成春节后的第一项中心工作，抓策划、抓组织、抓发动、抓落实。而且，几乎每年都要搞出点新道道，每年都要闹出点新花样。2024 年，溱潼会船节的"头篙"历史性地交到了这一届区委、区政府手里，怎么着也要向人民交出一份重振雄风、争创新高的答卷。

闯一把、创一回的逆向思维决策，就是在这样的背景下作出的。

孙靓靓说，既然办公室里的女生男生都在谈我爷爷当年怎么撑会船、我父亲撑会船闹出过什么笑话，那我们自己何不去潇洒一把？

有人认为会船是农村和农民的运动，孙靓靓说，几年、几十年前，我们不都基本上是从农村和农民过来的吗？

孙靓靓还从更高层次上认为，既然溱潼会船已是国家级非物质文化遗产项目，那么，非遗兴亡，匹夫有责，振兴会船运动就不应该分什么乡下人和城市人，而是每一个中国人的责任和义务了。

我写下的这一长段孙靓靓的访谈独白，是对着手机录音整理的，几乎只需标点，没有删减。那天的采访，她是在会议间隙见缝插针安排的，会议的开头、结尾她都要讲话，中间一段时间，开始了我们的交流。如此快节奏的工作安排，她似乎已经习以为常，一接触正题，便推心置腹，侃侃而谈。我在采访笔记中记下了当时的两句感言：

> 是否具有成熟的逆向思维和决策能力，往往是判断一个领导，尤其是主要领导的领导水平和领导艺术的重要标准。

有了坠子，还要编织项链

孙靓靓是在 39 岁时被任命为区委书记的。2016 年，她从共青团泰州市委书记的岗位上调任姜堰区委副书记，此后，她兼任了一段时间的溱湖旅游度假区党工委书记，又走上了代区长、区长的位置。资料显示，她的大学专业是南京中医药大学公共事业管理（医药法学）专业。担任区委副书记，尤其是在溱湖旅游度假区党工委书记任上，她对姜堰里下河地区有了沉浸式的立体了解。因为共青团干部的敏锐和激情，中医药相关专业的缜密和守正，再加上女性的细腻和聪慧，孙靓靓产生了这样的施政理念：溱湖好比是一块上天赐予的玉坠，但就是一块没有点缀、没有烘托的孤零零的坠子，要是再编织一条项链，让项链串起玉坠，玉坠的价值会立马成倍、成倍地增加。当然，项链也会随之大大增值的。

历史提供了机遇和舞台。几乎就在孙靓靓形成这些当时还只是轮廓的想法的同时，从中央到地方的相关部门先后提出了创建四种特色乡村的倡议和要求，即：创建特色田园乡村示范区，创建传统村落集中连片保护利用示范区，创建宜居宜业和美乡村，创建乡村振兴示范片区。特色田园乡村，传统村落集中连片保护利用，宜居、宜业、和美，乡村振兴示范……这些词组所标识的内容，不正是孙靓靓为溱湖玉坠所寻求的一颗颗散落的珍珠吗？孙靓靓布置相关部门，调研论证，一一对标，拟定创建方案。溱湖湾的概念，就是在这样的背景下破茧而出的。溱湖湾是以溱湖为中心、以溱湖大道为轴线，整合周边镇村生态、文化、产业资源，把总面积 49.5 平方公里的地方串点成环，板块联动，形成项链状的特色板块，按照相关

"玉坠"和"项链"

示范区的要求，制定创建规划。2023 年，该片区已成为全省唯一同时入选省级特色田园乡村示范区、省传统村落连片保护利用示范区的试点地区。现在，如果航拍，由黑色柏油路面中间蓝黄绿三色线条和间断着的自行车赛道路标标志出的溱湖湾，定会像联结着翡翠玉坠的巨型项链一样，一年四季展现四种不同的色彩。

金秋九月，在玉坠和项链连接的溱湖岸边，姜堰区委副书记、溱湖风景旅游度假区党工委书记黄卫平，实地给我讲述了溱湖湾的动人情景和诱人前景。他说，溱湖湾既简单明了，又丰富多彩。简单明了：一块玉坠加由四个汉字组成的项链。玉坠溱湖不用多说了，四字项链就是渔、窑、耕、读。丰富多彩："渔""窑""耕""读"，每个字的后面都有大文章。

渔：渔事，渔作。冯庄村是溱潼古镇的南大门，位于溱湖湾的最南端。冯庄村有 3000 亩面积的渔业产业园，在这里可以划船泛舟，撒网垂钓，在这里可以捕鱼捉蟹，渔舟唱晚。这个村曾一度是"软弱涣散村"，党组织通过打造特色渔业产业园，带领群众发家致富，壮大集体经济，由

渔舟唱晚

于发展重心向农渔旅融合方面转移，很快实现了破冰突围，强势雄起。冯庄村的籪蟹交易市场远近闻名，购销两旺。这里已经成为姜堰地区溱湖籪蟹最主要的线上线下销售集散基地，每到溱湖籪蟹销售季节，商贾云集，车水马龙。近五年来，冯庄村集体经营性收入也已经在原来的基础上实现了翻番，达到150万元。农民人均纯收入达到3.9万元，同比增长超过了40％。冯庄村先后获得省文明村、省民主法治示范村、省传统村落等荣誉。2022年，冯庄村成功创建了江苏省特色田园乡村。

窑：泛指砖窑，煅烧砖瓦的巨型火炉。溱潼地区制造砖瓦的历史悠久，且砖瓦的品质优良，北京故宫、上海城隍庙、南京中华门、镇江金山寺等古建筑群中，至今都可以找出标有"溱潼制造"的砖头或砖雕。溱潼曾有"砖瓦之乡""窑都"等美誉。新中国成立以后，随着新型建材的推出和环保工作的需要，砖窑渐趋式微，但作为非物质文化遗产项目，溱湖西面的洲南村还保留了几座砖窑，新建了溱潼砖瓦博物馆。博物馆与实验性砖窑连在一起，集文化遗产保护、收藏展览、教育研学为一体，分为静态展示区、露天展览区、文创销售区、文化体验区、土窑再现区，总面积达到1750平方米。博物馆以文化墙的形式，还原了古时候做砖烧窑的各个步骤和特殊的劳动场景：取泥、造泥、制坯、晒干、挑砖、装窑、烧窑、窨水、出窑、装船、运输。在省级特色乡村创建中，洲南村的砖瓦博物馆以其特有的魅力，吸引着众多青少年学生前来体验生活，拍照打卡。

耕：耕田的耕。现在耕地，既不是原始农事的刀耕火种，也不是传统意义上的牛拉人犁，或是农村现代化初级阶段的半机械化耕作。溱湖湾中间地带的"小杨人家"，是江苏省省级特色田园乡村示范区的"桥头模式"。所谓桥头模式，就是这里的土地耕种已经突破了中国农村历史上一家一户的传统，农田耕种和农事服务基本上由家庭农场和家庭农场服务联盟两个主体完成，庄稼种、管、收、藏的机械化和现代化程度已经达到了惊人的94％，包括施肥和农药喷洒，均由无人机遥控完成。桥头模式，得到了国务院两任分管副总理的肯定。家庭农场和家庭农场服务联盟密切配合操控下的"桥头模式"，实现了粮食生产节本增效、绿色增产，同时，整合联盟成员各类资源，提高规模经营组织化程度，有效促进了农场主之间的相互合作、相互交流和共同发展。流转出来的闲置房屋，又相继被服务联盟改造成"小杨人家"民宿园，发展出一个独具特色的环溱湖，集吃、住、行、购、乐为一体的乡村旅游新业态。

读：读书的读。作为文化古镇，"读"的内容，在溱潼地区可谓丰富多彩。邻近"小杨人家"的湖南村，在导游词中被称作一座漂浮在水上的村庄，因为没有陆路与邻村相连，诗人沙白在这里留下过著名诗作《水乡行》：

> 水乡的路，
>
> 水云铺。
>
> 进庄出庄，
>
> 一把橹。
>
> ……

如今，这里到处是诗。AAAAA级国家湿地公园环绕着村庄；一条小船、一支木橹、一曲小调，一群农民出身的船娘队伍，从村里的湿地公园出发，把小船摇进了扬州瘦西湖，把小调唱到了苏州的山塘河，随后又唱响了中央电视台；一年一度的溱潼会船节就在村后的喜鹊湖举办……湖南村

水乡风韵

是姜堰区唯一一个既是中国传统村落，又是江苏省特色田园乡村的村庄。村头的"潼享田园"，集农耕体验、亲子娱乐、野趣休闲、研学教育于一体，可以入文、可以入诗、可以入画。"潼享田园"是借谐音命名，其实，潼享田园叫"同享田园"或"童享田园"，应该更贴切一些。比潼享田园更能吸引青少年学生的，是湖南村东北角的溱湖湿地科普馆。该馆建筑面积约 8000 平方米，是国内首家湿地类主题体验馆。在规划和建设的过程中，景区和设计方坚持"生态优先，合理利用，绿色发展，全国第一"的理念，以"观赏溱湖画卷，探索湿地奥秘"为主题，通过声、光、电等现代化的高科技，向人们普及了千年湿地形成、保护、利用和开发的丰富知识，从全新的视角展现了溱湖湿地的自然美、生态美和人文美，成为溱湖湿地一处锦上添花的观赏阅读基地。假如哪位还想在知识的海洋里继续遨

湿地科普馆

游，溱湖北岸，院士旧居博大精深的无限风光，等着您来探究。院士旧居里的院士，就是本书第七章《人杰地灵的"杰"》中的李德仁、李德毅、李德群三兄弟。院士旧居的前院，是专门为三院士兄弟开辟的院士风采馆。如果说书中第七章的相关内容仅是对院士的文字介绍，那么，走进院士风采馆，我们能从院士出生的房间、童学开蒙的塾馆、兄弟成长的环境、学术建树的音像等，全方位领略三位院士的杰出人生。

解释完"渔""窑""耕""读"的具体内容之后，黄卫平书记说，所谓"项链"，当然不仅仅是这四个板块，四个板块是经纬，还连接着不同季节、不同项目的有机组合。譬如，周边村庄春节、清明、端午、七夕、中秋、重阳等时节的民俗展演。譬如，吸引年轻人群的路亚赛、龙舟赛、铁人三项赛。譬如，已在业内形成品牌效应的世界女子围棋溱湖春季赛、

铁人三项亚洲杯

溱湖湿地音乐节等。以每年春天的溱潼会船节为龙头，春看船，夏戏水，秋品蟹，冬泡泉，溱湖湾的全域旅游、全季旅游，已经风生水起，红红火火。

讲起全季旅游里"夏戏水"的内涵，黄卫平兴致勃勃地介绍了溱湖北片湖区新开辟的欢乐水世界的创业历程。他说，这是一个新上的、不大的、"短平快"的游乐项目，可以用六个"一"来具体演绎。一是源于"一次招商考察"，二是意念萌生于"一顿旅途工作餐"，三是"一次意外相遇"，四是"一星期签约"，五是"一个月开工建设"，六是"一个季度开张营业"。2024年春末，黄卫平和几个同事去浙江招商，用午餐的时候，见路边的水上游乐场热闹非常，又逢高速公路出口，遂拐进游乐场，顺便解决午餐问题。一番转悠，大家认为这里的水上项目完全可以引进溱湖，餐厅服务员也很机灵，马上报告老板，老板赶来见面，随即答应来溱湖考察。考察后，一周内你来我往，达成投资协议。经过三个月的日夜施工，7月底，总投资3000万元的欢乐水世界游乐场，赶在这个夏天最炎热的时候开业了。如此"溱湖速度"令各路记者大喊意外，投资方老板向记者讲了两件小事。一是开业前一天是周末，溱湖风景旅游度假区主任张勇带领景区员工冒着酷暑，检查并加固游乐休闲区设备上的每一颗螺丝。第二件事，投资方老板周末总是在停车场遇到黄卫平，一问缘由，黄卫平说，他是来停车场看车的，看看本地号牌和外地号牌的车辆各占怎样的比例。

朋友，你不来看看溱湖湾这条带着玉坠的珍珠项链吗？一名资深旅游专家说，现在的县级全域旅游景区中，溱湖湾是真正的全域旅游；溱湖湾带给游客的享受，也是春夏秋冬各有风景的全季旅游。假如，"李德毅号"无人驾驶观光车，行驶在溱湖湾环湖公路上，招手即停，这将是目前可以预见的又一个国内第一！

夏日亲水节

妹妹你大胆地往前走

对于溱湖湾由点到线、由块到区的布局和打造，孙靓靓还有更深层次的谋划和思考。

在对孙靓靓的访谈中，她多次提出"文旅发展4.0"的观念。说实话，我当时也有点若明若暗。明：工业发展、社会发展有1.0至4.0的说法。譬如，工业1.0指蒸汽机时代，工业2.0指电气化时代，工业3.0指信息化时代，工业4.0是智能化时代。这是基于工业发展的不同阶段作出的划分。暗，对应到文化和旅游事业，所谓的1.0至4.0具体包含了哪些内容呢？按图索骥，借助"百度百科"才大致明白。文旅1.0，大约是指最原始的忙里偷闲的周末旅游模式，上车睡觉、停车尿尿、下车拍照，与自然景观打个照面，到此一游。文旅2.0，"你站在桥上看风景，看风景的人在楼上看你"。有闲了、有钱了的国人，节假日扎堆旅游，人挤人，人看人，织就了中国文旅新时期的奇观。文旅3.0，文化和旅游"搭伙"了，是真融合也罢，是拉郎配也罢，反正，文化和旅游的边界模糊了，一切皆可"文旅"。书店、餐厅、民宿、景点、街道广场、村头小筑……旅游市场迅速膨胀，雪球越滚越大；摸不着门道的凑个热闹，三两天变脸更张。那么，什么是文旅4.0呢？孙靓靓用了"度假""康旅""沉浸"等几个关键词。为了便于理解，她以项目为例，作了比较明晰的解读。

姜堰区正在利用溱湖的自然资源，和某大学医学院呼吸科开展名为"鸟语康旅目的地"的合作项目，项目的主要服务内容是解决人们日益烦恼的睡眠问题。随着工作负担的加重、社会生活的庞杂、时间节奏的加快、个人情绪的波动，睡眠问题，越来越成为人们，特别是部分成功人士的烦恼。睡不着、睡不深、睡不好、睡不了，甚至是睡不醒，都成了这个世界带有时代标识的社会性问题。睡眠质量的高低与空气中的氧气含量有关，是小学生都知道的常识。一场抗击新冠疫情的特殊生活经历，更让人们知道了空气中的负氧离子含量对人的生命存活质量的重要性。负氧离子，简言之就是带负电荷的氧分子，无色无味。主要功能有：镇静、催眠、润肺、舒心、增食欲、降血压、调节神经、延缓衰老，等等。所以，负氧离子又称"长寿素""空气维生素"。国家林业局经济发展研究中心王焕良研究员，曾用一组资料作过形象的解读。城市里人们活动密集的地方，空气中的负氧离子相对较少，歌厅、酒吧有时低到每立方厘米只有 50 个左右，楼宇式的办公与家庭空间有时也只有 200—500 个。而山林、湖泊、大海边的负氧离子能有 5000—10000 个，雷雨之后，甚至有 20000—30000 个。世界卫生组织倡导的理想人居环境，空气中的负氧离子含量要

天然氧吧

求是每立方厘米 1000—1500 个。2024 年 7 月 15 日下午四时，我拍摄了一张溱湖景区动物区空气质量实时监测的电子屏幕照片，显示负氧离子为每立方厘米 18940 个，$PM_{2.5}$ 为每立方米 0.3 微克。资料显示，溱湖地区空气中的负氧离子含量常年在 6000 个以上，最高可达 34000 个；$PM_{2.5}$ 常年保持在 10 微克以下；溱湖地区 10 公里范围内无污染企业；溱湖水质保持在国家 II 类标准，可以直接饮用；溱湖湿地一年四季候鸟翔集……在这样的地方，建一个康养基地，秉持传统中医的理念，从住地床被、桌椅到药枕、药囊、药饮、药膳，再加上针灸、按摩、推拿等中医理疗和中药药疗，呼吸科的专家乐观估计，任你什么睡眠顽疾，五天之内，必见成效。谈到这儿的时候，孙靓靓即兴发挥说，还可以建一个区域性的小型音乐电台，专为基地内的康旅游客放送各类枕上催眠曲，看看还有谁在溱湖睡不着、睡不好、睡不了！

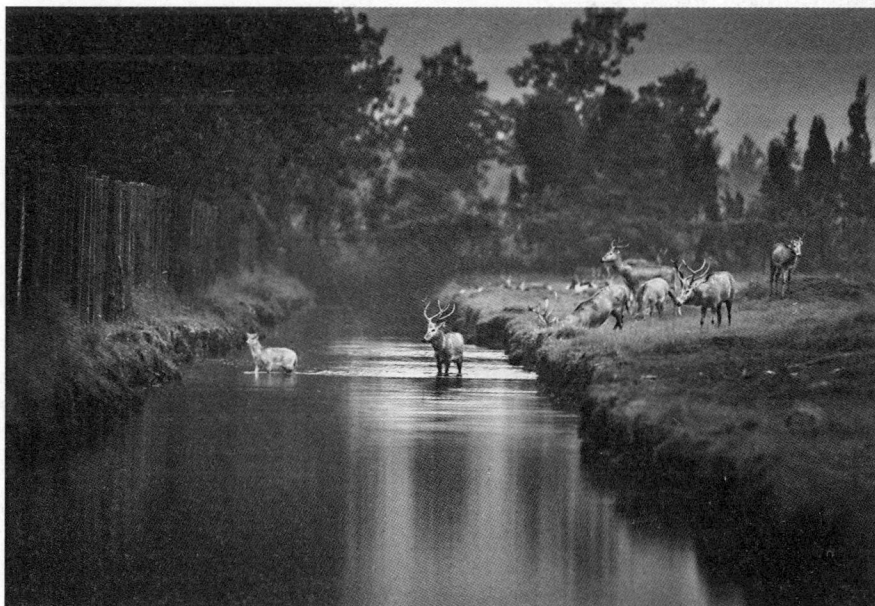

绿野仙踪

　　这就是沉浸式、度假式、康养式文旅 4.0 的旅游方式之一。孙靓靓说，她在兼任溱湖旅游度假区党工委书记的时候，就曾经尝试走这样的深度旅游、综合旅游的路子，试图对现实做一点突破，试图在已有的基础上再上一个台阶。在担任区长的时候，她与泰州华侨城总经理林伯铮进行战略探讨，在华侨城打造国际颐养小镇，紧密携手，为将姜堰和泰州建设成长江经济带上集药、医、养、游于一体的大健康旅游示范城市而努力。但是，中国的旅游市场太大了，中国旅游市场的传统惯性太大了，想做哪怕一点点突破和改革，都极其不易。譬如，文旅 2.0 是人挤人、人看人的模式，从 2024 年五一、中秋、国庆等节日的新闻来看，全国各地的景点不是"还在重复昨天的故事"吗？但是，溱湖在孕育、嬗变了，孙靓靓的文旅 4.0 实验基地——鸟语康旅目的地，即将破茧而出。

　　不只是文旅 4.0，在社会发展 4.0 方面，"80 后"区委书记孙靓靓也打出了一记漂亮的组合拳。

古镇风采平静安宁

2024 年 4 月 5 日，"康养名城，活力姜堰"创新发展大会在家乡召开。世界上最美的记忆，凝聚在思乡的时光里。面对 300 多名海内外的姜堰籍杰出游子，孙靓靓饱含深情地说："时光里有幸福的家园，姜堰定格在童年的记忆里；时光里有奋斗的身影，姜堰奔跑在发展的春天里；时光里有无尽的热爱，姜堰成长在闪光的梦想里。"

面对家乡人民的一往情深，中国科学院院士、中国工程院院士李德仁，中国工程院院士缪昌文，中国科学院院士陆夕云，中国工程院院士陈学东，就各自的研究领域和取得的成就，分别作了主旨演讲。四位院士就低空经济、数智赋能、基础科研、精密制造、发展新质生产力等问题，各抒己见，建言献策，与家乡各界人士共叙乡情，共谋发展。特别应该指出的是，2024 年 4 月和 6 月，围绕 85 岁的李德仁院士发生的两件事，让人们不得不对姜堰区委的超前决策击节赞赏。4 月 5 日，李德仁院士应区委要求，在家乡就低空经济时代的到来，给大家介绍了投入 200 亿元，放了208 颗卫星，已经为国家创造了 2000 亿元收益的"东方慧眼"计划；6 月24 日，习近平总书记在北京人民大会堂亲自为李德仁院士颁发了国家最高科学技术奖。现在，低空经济开发的星星之火，已经在姜堰经济开发区熠熠闪光。两件事绝对不是偶然的巧合。姜堰区和原来的姜堰市一直位列全国经济发展百强县，但名次总在后面半程，如何像溱潼会船一样争先进位，一直是新一届区委、区政府组成以后的当务之急。"康养名城，活力姜堰"创新发展大会的决策，就是在这样的背景下作出的。

会议的举办时间定在溱潼会船节的前一天，参加创新发展大会的代表无一例外地出席了第二天的会船节开幕式。300 多名活跃在海内外各界的姜堰籍杰出游子，和湖上的 2 万多名乡亲、岸上的 10 万多名各地观众（当然

星光璀璨

也包括大量本地乡亲），狠狠地过了一把乡情瘾、乡思瘾、乡愁瘾、乡恋瘾。

江苏省第一次创新发展大会是在 2017 年召开的，那次会议成了江苏经济社会发展的里程碑，试问，自从 2017 年以来，有几个县、市、区举办过这样的创新发展大会？所以，我们完全可以预期，未来的《姜堰地方志》上会留下一笔，2024 "康养名城，活力姜堰" 创新发展大会和 2024 年溱潼会船节，是姜堰社会发展和经济发展史上 4.0 级的超前决策和英明决策。

将 2024 年溱潼会船节称为 "文旅 4.0 策划" 的，不是我的奉承，是民俗学专家戴珩的评价。戴珩是非物质文化遗产研究专家，江苏省文化馆原馆长，研究员。写作本书期间，因为溱潼会船是国家级非遗代表性项目，我就相关问题向他请教。讲到 3000 名机关干部、事业单位人员和国企、民企青壮年职工下湖撑船的时候，虽然是微信语音通话，我们之间相隔了200公里，但从他兴奋的声音中可以想象，他当时拍了大腿，大喊："好！破解了非遗传承的难题。"从后来的交流中得知，江苏有国家级非遗代表性项目162项、世界级非遗代表性项目11项，分布在传统音乐、传统舞蹈、传统戏剧、传统体育、传统游艺与杂技、传统美术、传统医药、传统民俗等领域中。溱潼会船属于传统民俗序列，而且是国家相关部门比较重视的"国字号"非遗代表性项目。这一认定，在我后来对溱湖度假区原副主任、现在的泰州文旅集团副总经理曹福荣的采访中，也得到了印证。曹福荣介绍，2014年，中宣部和文化部在全国范围内清理以"中国"冠名的大型节庆活动，时年8月，全国清理和规范庆典、研讨会、论坛工作领导小组特地给江苏省人民政府发文，同意江苏保留以下三项以"中国"冠名的节庆活动项目：

1. 悼念侵华日军南京大屠杀30万同胞遇难周年仪式暨国际和平日集会；

2. 中国湿地生态旅游节暨中国泰州姜堰溱潼会船节；

3. 中国昆剧艺术节。

也就是说，在全国性节庆活动清理和规范之后，文化大省江苏可以以"中国"冠名举办的大型节庆活动，只保留了包括溱潼会船节在内的三项。由此可见，溱潼会船节在国家级非遗代表性项目中的重要性、在国家级节庆项目中的地位。

戴珩曾经是江苏非遗项目工作室的负责人。他说，江苏的非遗项目几乎涵盖了所有分类，是一笔宝贵的财富，也是一项沉重的负担。大约有三分之二的项目已经失去了自我生存的活力，只能靠政府有限的财政津贴延

会船节上的表演

续艺术生命。溱潼会船农民老龄化、即将失传的现状，也是同样性质的问题。正是从这个意义上说，3000 名姜堰年轻人加入了撑会船的队伍，不仅激活了溱潼会船的新生命，而且给省内甚至是国内非遗项目的传承带来了引领性的启迪。

我把这一信息转达给靓靓书记时，她欣慰地笑了。她说，初衷是进行一种探索、一种创新，准备好有人说"不"，甚至准备好有人反对。会船比赛之后的情况超出了大家的想象，几乎没有听到不同的声音。现在，我们还有一些延伸的想法。既然会船的队伍不仅是农民，会船不仅是民俗活动，而是变成了一种全民运动、全民体育活动，我们区运动会就准备增加会船项目。既然贵州的"村 BA"可以火遍全国，我们也可以尝试着开展村舟赛。如果村舟赛能够在更广大的社会范围内被接受、被认可，我们还想光大非遗项目溱潼会船，把溱潼会船撑到市运会上去、撑到省运会上去、撑到全运会上去，甚至撑到奥运会上去，哪怕是作为表演项目也行。

我明白，孙靓靓此时已经不只是在说会船了，还有溱潼、溱湖湾、姜堰……

此时，我想到那几句唱起来就让人热血沸腾的歌词：

妹妹你大胆地往前走啊

往前走　莫回呀头

通天的大路

九千九百　九千九百九呀

……

2024 年 4—10 月采写

2024 年 11 月修改

| 附录 |
溱潼镇主要荣誉

* 江苏省百家名镇（1991 年）

* 江苏省体育先进乡镇（1997 年）

* 全国重点镇（2004 年、2014 年）

* 小康中国小城镇之星（2005 年）

* 中国历史文化名镇（2005 年）

* 全国小城镇建设示范镇（2006 年）

* 江苏省卫生镇（2007 年）

* 全国改革开放 30 年最具发展潜力旅游品牌（2009 年）

* 全国特色景观旅游名镇（2010 年）

* 中国民间文化艺术之乡（2011 年）

* 国家 AAAA 级旅游景区·溱潼古镇（2011 年）

* 国家 AAAAA 级旅游景区·溱湖国家湿地公园（2012 年）

* 中国特色小镇（2016 年）

* 江苏省文明乡镇（2017 年）

* 溱潼会船风情小镇（2020 年）

| 后记 |
家乡是首唱不完的歌

为了介绍和反映中国式现代化江苏新实践新图景，江苏省报告文学学会要采编一套长篇报告文学丛书。动员会议上，我从省文联主席、报告文学学会会长章剑华的讲话中，第一次把地图上蚕豆瓣大小的江苏和10万平方公里的辽阔大地联系了起来。而且，0.54平方公里——只占全省面积二十万分之一的家乡小镇溱潼，也赫然列进了选题之中。更没有想到的是，写作本书的"绣球"，居然抛到了我的头上。因此，看完书稿大样，心头忍不住涌上几番小小的感慨。

家人多次问我，这本书怎么写了这么长时间？是的，在我已经出版的四部长篇报告文学中，写作这本书的用时最长。2024年4—10月，七个月的时间，我基本耗在这本书上，而且，这七个月，大多是在家乡溱潼度过的。原以为，这本书好写，因为家乡时刻在我心中，但越是接近在键盘上"落笔"的时候，心中越是没底。古镇溱潼，从公元前11世纪起就在各类方志典籍中有文字记载；会船来历，姜堰里下河地区的各个乡镇和兴化、东台、海安等地，都有各自的考据和传说版本……关于古镇溱潼、溱潼会船的典籍史料和民间传说，虽不说汗牛充栋，却也是卷帙浩繁。如何披沙拣金、去伪存真，对有争议的人物和事件，怎样避开烦琐考证，用报告文学的写法作出最接近史实、最贴近生活、最能为读者和后代所接受的判断与叙述，的确是件不太容易的事情。有时，写着写着，不得不再去民间补充采访，或者，再去调阅相关图书和史料。

所以，我曾一度感到，家乡是首不太容易唱好的歌。

感谢姜堰区委宣传部、区政府新闻办贴心周到的服务与支持。在溱潼的七个月中，在新闻办副主任石益华等朋友的陪同下，我断断续续地走访了俞垛镇（包括原叶甸镇）、淤溪镇、三水街道（包括原桥头镇）、溱潼镇（包括原沈高镇和兴泰镇）等相关的村镇，走访了兴化市戴南镇以及姜堰区（包括原泰县、姜堰市）在岗和退休了的相关领导同志。在一场接一场的座谈和采访中，我逐渐厘清了溱潼会船800多年间生成、延续、发展和振兴的脉络，也逐步拟定了本书写作的纲要。区委常委、宣传部部长卢春燕是位工作极富创意的干部。本书第一章的主要内容，大多是采访她得来的。当时有两点印象极深。一是海内外媒体对2024年溱潼会船节的报道，报道矩阵的各类数字和精彩细节，她熟谙于心，信口道来，像是由她策划和指挥的嘉年华一样。二是在不少管理部门视自媒体为麻烦、避之唯恐不及的时候，姜堰区委宣传部把他们当作一支生力军，有序纳入了会船节的宣传方队。结果表明，自媒体的传播范围和作用，远远超出了人们的想象。我曾建议他们将之作为一种成功的实践，写点体会文章，与同行交流交流，他们谦虚地说，还在探索之中。这次在书上印制二维码，让读者扫码就能欣赏会船节视频的创意，也是来自思维活跃、创新有方的卢春燕部长。这是一次图书出版的创新，读者不仅可以阅读静态的文字，欣赏图片，还可以扫码观看动态的影像视频。这是扩大"溱潼会船甲天下"热点效应的新做法，也为推动全民阅读注入了新颖的科技元素。

因此，读毕大样，首先要向姜堰区委宣传部、区政府新闻办的朋友们，道一声深深的感谢！

访谈区委书记孙靓靓时，孙书记一段发自内心的介绍，深深感动了我。她说，会船"是溱潼人、姜堰人一种独特的家乡记忆和文化图腾。自

1991 年以来，姜堰历届县、市、区的党政一把手，都把当年的会船节看成春节后的第一项中心工作，抓策划、抓组织、抓发动、抓落实。而且，几乎每年都要搞出点新道道，每年都要闹出点新花样"。借此机会，我也向为溱潼会船节的传承和创新付出辛勤劳作的各个时期的家乡领导，致以崇高的敬意！向对本书采写期间给予多方面关心和支持的区领导钱军、钱娟、王荣明、戴兆平等，表示深深的感谢！

在七个月的时间里，我的采写基本上是以溱湖会展中心为圆心进行的。因此，和溱湖文旅集团董事长薛健、总经理肖娟娟常常碰面，书中不少关于风景区建设的故事，都源于我们茶余饭后聊天的点滴记录。薛健和他的同事们有件极富前瞻性的创业活动，当时尚在进行之中，未能融入本书内。薛健介绍，他们正在创新旅游行业的新业态，利用现有的旅游资源和闲置的文化场馆，整合原有的爱国爱乡教育基地，建立多功能的未成年人社会实践中心。该项目得到了有关方面的高度重视，中心建成后，将成为学生社会实践的田园、集体生活的家园与快乐成长的乐园。中心学习和实践的内容丰富有趣，多彩多姿：自然生态、乡村耕读、非遗传承、科技研学、国防教育、修身访学、亲子休闲……学校和家庭里没有的，社会实践中心有；家庭和学校里薄弱的，这里有"对症"施治的加强版。我写作这篇后记的时候，听说在泰州市委和姜堰区委的关心下，泰州市未成年人社会实践中心已经挂牌成立。此后，又传来了另一喜讯，新华社正式发布消息，中国石化在溱潼发现了储量 1.8 亿吨页岩油的优质油田。中国的"小迪拜城"即将在溱潼崛起，预祝溱湖风景区和薛健、肖娟娟他们倾心打造的未成年人社会实践中心，搭上时代的"高铁"，为溱湖湾和姜堰区的全域旅游、全季旅游锦上添花，再创辉煌！

在已经出版的介绍溱潼的书籍中，图文并茂的图书较受欢迎，毕竟，图片带给人的视觉冲击比文字更大。因此，本书作为一种尝试，应相关方面要求，适当增加了图片的插入。感谢我在《扬子晚报》工作时的老同事高林胜，他贡献了他在职时保存的精美图片。感谢姜堰区文体广旅局副局长谢志宏，他提供了2024年溱潼会船节的高清图片。感谢溱湖风景区原党工委书记、姜堰区政协原副主席陈中华，他提供了自己搜集、珍藏的溱潼各个时期的代表性资料图片。

我是19岁离开家乡溱潼的，离乡后的52年中，这是重回湖边生活时间最长的一次。七个月的星月轮回，我在湖边月下，留下了几多思考，也捡拾了几多收获。最难忘的是2024年5月18—20日，军旅诗人、词作家、报告文学作家，也是我几十年的好朋友葛逊来到了溱湖，我们两个晚上都相约在月下的湖边散步。离开溱湖前，他在微信上发来了新创作的《溱湖月》歌词，有几句特别平白但让人难忘：

溱湖月

你是梦的小舟

月溱湖

你是最美的乡愁

捧起满湖的美酒

那么香甜　那么醇厚

此情依依

浪花天长地久

读着、读着，我的心动了——这不是溱湖版的《小河淌水》、溱湖版的《月亮代表我的心》么？葛逊是带着一个专家级的音乐家代表团到溱湖采风来的，这个团集聚了江苏顶级的词作家、曲作家和女高音歌唱家。事后知道，葛逊此行以溱潼为主题，创作了六首歌词，合为《溱湖套曲》，有《溱湖月》这样的柔声浅吟，更有《会船会水会溱潼》这样的金戈铁马，而且有的词曲就是为随行的大牌歌手"量身定制"的。在其后的日子里月下湖边散步时，我常常突发奇想，假如将这组既柔情似水又潮涌急浪的《溱湖套曲》与乡土味扑鼻的花船花担、大鼓狮舞组合起来，"混搭"成一台会船节的演出，它的横空出世能不能产生像溱湖国家湿地公园AAAAA级景区一样的审美效果呢？

家乡溱潼，不，家乡江苏，真的是一首永远唱不完的歌！

2025 年 3 月 9 日于南京